대마종 大魔宗

임영기 新무협 판타지 소설
FANTASTIC ORIENTAL HEROES

대마종 10

임영기 新무협 판타지 소설

초판 1쇄 찍은 날 § 2009년 4월 15일
초판 1쇄 펴낸 날 § 2009년 4월 25일

지은이 § 임영기
펴낸이 § 서경석

편집장 § 문혜영
편집 § 문정흠

펴낸곳 § 도서출판 청어람
등록번호 § 제1081-1-89호
등록일자 § 1999. 5. 31
어람번호 § 제2-1723호

주소 § 경기도 부천시 원미구 심곡2동 163-2 서경B/D 3F (우) 420-822
전화 § 032-656-4452 팩스 § 032-656-4453
http://www.chungeoram.com
E-mail § eoram99@chollian.net

ⓒ 임영기, 2008

ISBN 978-89-251-1771-3 04810
ISBN 978-89-251-1307-4 (세트)

※ 파본은 구입하신 서점에서 교환하여 드립니다.
※ 저자와 협의하여 인지를 붙이지 않습니다.
※ 이 책은 도서출판 청어람과 저작자의 계약에 의해 출판된 것이므로,
　무단 전재 및 유포·공유를 금합니다.

大魔宗

대마종

전쟁(戰爭)

임영기 新무협 판타지 소설
FANTASTIC ORIENTAL HEROES

目次

제97장	태무천의 속셈	7
제98장	기적 같은 소생	31
제99장	녹천신왕(綠天神王)	53
제100장	처녀 사냥	87
제101장	죽음의 옥봉원	109
제102장	출신입화지경(出神入化之境)	127
제103장	중원을 구하기 위해서	151
제104장	대리통치(代理統治)	183
제105장	전쟁발발(戰爭勃發)	209
제106장	절대 죽지 마라!	237
제107장	대천신등의 실체	259
제108장	뱀의 꼬리를 자르다	281

第九十七章

태무천의 속셈

대마풍
大麻九宗

보름 후.

낙양 근교 옥봉원으로 전서구 한 마리가 날아들었다.

전서구에서 서찰을 뽑아 든 요마군장 설란요백은 즉시 독고풍의 방문을 두드렸다.

"주군, 녹천신왕으로부터의 전갈입니다."

설란요백은 오랜만에 만난 은예상, 단예소와 밀린 회포를 풀고 있는 독고풍에게 공손히 서찰을 내밀었다.

독고풍은 이상한 자세로 앉아 있었다.

의자에 깊이, 그리고 다리를 넓게 벌리고 앉은 단예소의 벌린 다리 안쪽에 앉아 그녀의 품에 등을 기댄 채 안겼으며, 무릎에는 은예소를 얹은 채 안고 있었다.

　어머니 단예소는 아들을 꼭 끌어안고 머리를 쓰다듬으며 어깨를 어루만지는 등 너무 예뻐서 죽겠다는 듯한 모습이고, 은예상은 독고풍의 품에 안겨서 크고 넓은 어깨에 뺨을 댄 채 그의 얼굴을 바라보고 있었다.

　두 여자 고부(姑婦)는 마치 독고풍과 떨어지면 당장 죽을 것처럼 찰싹 붙어 있었다.

　설란요백은 독고풍의 가족에게서만 볼 수 있는 이런 광경에 익숙해져 있는 상태라서 조금도 이상히게 여기지 않았다.

　독고풍은 서찰을 펼쳐 읽기 시작했다. 세 사람의 독특한 자세 덕분에 은예상과 단예소도 함께 읽을 수 있었다.

　읽기를 마친 그는 서찰을 설란요백에게 건네주면서 가볍게 미간을 찌푸리며 중얼거렸다.

　"이제 막 집에 돌아왔는데 또 나가봐야 할 일이 생겼군."

　은예상이 배시시 미소 지으며 소곤거렸다.

　"그래도 장소가 멀지 않아서 다행이에요."

　그의 어깨에 뺨을 대고 있는 자세라서 그녀가 말을 하자 입술이 그의 뺨에 닿아 움직임이 고스란히 느껴졌고, 뜨거운 입김과 달콤한 입 냄새가 전해졌다.

　"만날 날짜가 열흘 후니까 그동안 상아와 엄마하고 실컷 놀아야지."

　독고풍은 은예상을 돌아보면서 말하다가 입술이 닿자 쪽!

하고 소리를 내어 입을 맞추었다.

그러다가 바로 옆쪽에서 단예소가 빙그레 미소를 지으면서 바라보고 있는 모습을 발견하고는 고개를 조금 더 돌려 아예 그녀의 입에도 입을 맞추었다.

"어머? 얘는······."

단예소는 부끄러움으로 얼굴이 빨개지면서도 매우 행복한 표정을 가득 지었다.

독고풍은 어젯밤 늦게 옥봉원에 도착하여 단예소하고는 오래 함께 있지 못했다.

적멸가인은 독고풍과 함께 무려 한 달 보름 동안이나 여행을 하고 돌아왔기 때문에 너무 행복했으며, 또 은예상에게 미안한 마음이 들어 어젯밤만큼은 그녀가 독고풍을 혼자 차지할 수 있도록 배려를 해주었다.

그 덕택에 독고풍과 은예상은 어젯밤에 정말 오랜만에 흐벅지게 사랑을 나누었다.

그래서인지 은예상의 얼굴에는 행복한 표정이 역력하게 떠올라 있었다.

독고풍은 오랜 세월 동안 홀몸으로 살아온 단예소가 늘 마음에 쓰였다.

할 수만 있으면 그녀와 함께 있으려고 애쓰는데 그게 말처럼 쉽지가 않아서 늘 마음뿐이었다.

그래서 그녀와 함께 있는 기회만 되면 꼭 붙어서 떨어지려고 하지 않는 것이다.
 독고풍은 어머니에 대한 애정 표현을 어떻게 해야 하는지 잘 모르고 있다. 그렇기 때문에 그저 마음이 가는 대로 행동하는 것이다.
 다행히 단예소는 독고풍의 그런 행동을 몹시 좋아해서 굳이 모자지간의 예의범절을 가르치려 하지 않는다.
 서찰을 읽은 설란요백은 독고풍의 명령을 기다렸다.
 독고풍은 잠시 생각하다가 설란요백에게 물었다.
 "요백 할매, 우리 수하들은 지금 어디에 있지?"
 "지난번에 주군께서 명령하신 대로 마땅한 방파 세 곳을 얻어 현재 모두 그곳에 기거하면서 무공 연마에 총력을 기울이고 있습니다."
 독고풍의 명령에 따라 설란요백은 하남성에 위치한 사독요마의 방파 중 세 곳을 물색, 포섭하여 그곳에 무적방 전 수하들을 분산, 거주시켰었다.
 "녹천대련 위치는 알아냈나?"
 "죄송합니다. 아직 알아내지 못했습니다."
 독고풍은 악양에서 무창으로 가던 중에 녹천대련 진무련 휘하 팔단주에게 녹천신왕과 한 번 만나자는 말을 전하라고 한 후에 설란요백에게 전서구를 띄워 녹천대련의 위치를 알아내라고 지시했었다.
 중원무림의 거의 모든 정보를 샅샅이 섭렵하고 있는 요마군의 정보망이지만, 녹천대련 총단의 위치를 알아내는 일은 쉽지가 않은 듯했다.

그도 그럴 것이, 녹림을 무림으로 인정하지 않는 것이 무림의 오랜 관습이기 때문이다.

설란요백은 요마군의 정보망을 가동하면 녹천대련 총단의 위치쯤이야 즉시 알아낼 수 있을 것이라고 예상했지 이렇게 애를 먹을 줄은 몰랐다.

총단의 위치마저도 철저한 비밀에 가려져 있는 것을 보면, 녹천대련이 녹림도 무림의 한 축계라고 선언했던 것이 그냥 해본 소리는 아닌 듯했다.

"곤란하군."

독고풍이 고개를 모로 꼬며 중얼거리자 설란요백이 공손히 대답했다.

"현재 단서를 잡고 추적 중이므로 조만간 알아낼 수 있을 것이라고 생각합니다."

"그래, 요백 할매가 수고 좀 해줘."

설란요백이 갖고 온 서찰은 녹천대련 총련주인 녹천신왕이 보낸 친서다.

열흘 후 개봉성에서 만나자는 내용이다. 조건은 녹천신왕과 독고풍 단둘이 만나야 한다는 것이다.

무슨 꿍꿍이로 단둘이 만나자는 것인지 모르겠지만, 손해 볼 것 없다는 것이 독고풍의 생각이다.

녹천신왕과 만나는 것은 그의 요구대로 들어주지만, 독고풍은 만약을 대비해서 손을 좀 써둘 계획이었다.
  그는 녹천신왕에게도 대천신등 정벌을 함께하자고 제의할 생각이다.
  녹천대련이 무림의 한 축계로 인정받고 싶어한다면 그들로서는 뿌리치기 어려운 유혹일 것이다.
  또한 알려지지 않은 녹천대련의 힘이 그 정도로 위력적이고, 장차 막강한 잠재력을 지니고 있다면 독고풍에게도 강적이 하나 더 생기게 되는 셈이다. 그런 것은 일찌감치 손을 써두는 것이 상책이다.
  "그런데 어머니."
  독고풍은 단예소를 향해 반쯤 몸을 돌리며 말문을 꺼냈다.
  "허락을 받아야 할 일이 하나 있어요."
  "무엇이냐?"
  "어머니한테만이 아니고 상아에게도 허락을 받아야 돼."
  두 여자는 독고풍이 자신들에게 허락받아야 할 일이 뭘까 궁금한 표정을 지었다.
  독고풍은 원래 말을 에둘러서 하지 못하는 직설적인 성격이다. 무엇이 어려운 말인지 모르기 때문이다. 그런 것이 이럴 때는 참 편리하다.
  "자미룡을 넷째 부인으로 거두어야겠어요."
  독고풍의 시선은 단예소를 향하고 있지만 신경은 은예상

에게 집중되어 있었다.

은예상은 적잖이 놀라다가 곧 마침내 올 것이 오고야 말았다는 듯 침착하게 바뀌었고, 단예소는 눈을 약간 크게 뜨며 의아한 표정을 지었다.

"무슨 일이 있었느냐?"

"아니. 이제 곧 무슨 일이 생길 거예요."

점점 더 알 수 없는 말이라서 단예소는 차마 어머니로서 입에 담기 어려운 말을 조심스럽게 물었다.

"그녀와 잤느냐?"

천둥벌거숭이 같은 아들과 생활하다 보니 별말을 다 해야만 하는 단예소다.

"아직 안 했어요. 하지만 이제 잘 거예요."

과연 독고풍다운 대답이다.

이왕지사 얘기가 시작된 것, 단예소는 내처 물었다.

"왜 그래야만 하느냐?"

은예상이 궁금한 것을 단예소가 대신 묻고 있다. 큰며느리의 심정을 짐작하기 때문이다.

독고풍은 은예상의 허리를 안고 있는 팔에 약간 더 힘을 주며 대답했다.

"정아 말로는 내 뱃속에 있는 아버님의 내단을 녹이려면 순결한 여자의 순음지기가 필요하대요. 정사를 하는 도중에 그녀가 절정에 도달하는 순간 운공조식을 하면 내단을 녹일 수가 있다는군요."
 아들의 입에서 '정사'니 '절정'이니 하는 말이 나오자 단예소는 기겁을 하고 얼굴이 붉어져서 더듬거렸다.
 "아, 알았다. 네가 알아서 해라."
 그리고서는 은예상을 보면서 별 도움이 되지 못해서 미안하다는 듯한 표정을 지었다.
 "고맙습니다, 어머니."
 독고풍은 넙죽 대답을 하고 나서 은예상을 쳐다보았다.
 "상아 너는?"
 은예상은 체념이 빠른 여자다. 더 중요한 것은 어떤 여자보다도 남자에게 순종적이라는 사실이다. 그녀는 방그레 미소 지으며 대답했다.
 "자미룡을 소녀의 넷째 아우로 받아들이겠어요."
 "고마워, 여보!"
 쪼옥! 쪽쪽!
 독고풍은 은예상에게 입을 맞추고 나서 단예소에게도 입을 맞추었다.
 이어서 은예상을 번쩍 들어 단예소 무릎에 얹어놓고 성큼성큼 방문으로 걸어가고, 설란요백이 뒤를 따랐다.
 "풍 랑, 어디 가세요?"
 은예상이 의아해서 일어나며 묻자 독고풍은 뒤도 돌아보지 않고 방을 나가면서 대답했다.

"자미룡하고 자러!"
그의 목소리는 매우 들떠 있었다.
그리고 지금은 벌건 대낮이었다.

독고풍은 별채로 향하면서 나직이 중얼거렸다.
"강조, 진아는 어디에 있느냐?"
어디선가 강조가 소리없이 나타나더니 독고풍 옆에서 같은 보폭으로 걸으며 공손히 아뢰었다.
"그녀는 만취한 상태입니다."
"많이 취했다는 건가?"
"그렇습니다."
"무슨 일이 있느냐?"
"속하는 잘 모르겠습니다."
강조는 자미룡이 왜 어젯밤에 이곳 옥봉원에 도착하자마자 입에 들이붓듯이 술을 마셔댔는지 어느 정도는 이유를 짐작하고 있었지만 주군 앞에서 입에 올릴 내용이 아니라서 모르는 체했다.
"진아에게 안내하게."
강조가 즉시 앞으로 나가 길잡이를 했고, 그 뒤를 독고풍과 설란요백이 따랐다.
세 사람이 한 채의 전각 모퉁이를 돌아 나와 정원 사이를 걸어가고 있을 때, 요마군 여고수 한 명이 나는 듯이 달려와 독고풍에게 공손히 서찰을 내밀었다.

"대동협맹에서 보내온 서찰입니다."

그 말은 대동협맹주 무적검절 태무천의 좌호법인 신령불사가 비밀리에 전서구를 보냈다는 뜻이다.

보름 전에 독고풍은 무창성 선화루에서 태무천 일행 네 명을 만났었다.

그러나 그들이 처음부터 불신으로 일관하는 바람에 대화는 시작조차 하지 못하는 상황이었다.

그들이 불신하는 것은 여러 가지가 있지만 그중에서도 가장 믿지 못하는 것은 독고풍이 십광세의 심지를 제압했다는 사실이다.

그래서 신령불사가 자신의 심지를 제압해 보라고 호기롭게 나섰었다.

그 결과 독고풍은 보기 좋게 그의 심지를 제압하여 그로서는 차마 할 수 없는 행동들, 즉 개처럼 바닥을 기면서 짖으라고 하거나 태무천에게 욕을 하라고 명령했는데, 그는 종처럼 고분고분 그 명령에 따랐다.

신령불사의 공력은 삼 갑자 반, 즉 이백십 년 정도다. 그러므로 육식귀원의 경지에 이르고 있어서 무려 오 갑자 반, 삼백삼십 년 공력을 지닌 독고풍이 전개하는 제령수어법에 제압당하는 것은 당연한 일이다.

그로써 태무천 일행은 두 가지 사실을 동시에 깨달았다.

하나는 독고풍이 십광세의 심지를 제압한 것이 분명하다는 것이고, 또 하나는 독고풍의 공력이 예상했던 것보다 훨씬 높다는 사실이다.

직후 독고풍은 신령불사의 제압된 심지를 풀어주었다. 아니, 사실은 풀어주는 시늉만 했다.

그러면서 신령불사에게 전음으로 명령을 내렸다. 평소와 다름없이 행동하되 이후 태무천의 일거수일투족을 감시하고 보고하라는 것이었다.

지금 독고풍의 손에 쥐어져 있는 것은 신령불사가 보낸 첫 번째 서찰이다.

신령불사는 독고풍이 제령수어법을 풀어주지 않는 한 영원히 종노릇을 하게 될 것이다.

그런데 서찰을 읽는 독고풍의 표정이 찌푸려지기 시작했다.

"교활한 늙은 너구리 놈."

그는 중얼거리면서 서찰을 설란요백에게 주고 다시 걸음을 옮겼다.

서찰에는 매우 놀라운 내용이 적혀 있었다.

대동협맹에 가입한 무림 방, 문파의 수가 백이십팔 개이고, 그것들에서 각 백 명씩 선발된 일류고수가 일만 이천팔백 명이며, 그중에서 정예고수가 사천 명이라는 것이다.

무림에는 대동협맹의 세력이 겨우 명맥을 유지하는 정도

인 것으로 알려져 있다. 기껏해야 정협맹의 삼, 사 할 수준일 것이라는 추측이다.

그런데 일류고수가 무려 일만 이천팔백 명이라면 오히려 수적으로는 정협맹을 능가하고 실력 면으로는 우열을 가리기 어려운 정도인 것이다.

그런데 서찰에는 그보다 더 기막힌 내용이 들어 있었다.

대천신등을 공격하러 가는 연합 세력에 대동협맹은 겨우 오백 명의 고수만 내놓을 계획이라는 것이다.

그러면서 그 이유로는, '대동협맹이 거느리고 있는 전체 고수의 수가 불과 이천오백여 명밖에 되지 않아서'라고 말할 작정이라는 것이다.

"무슨 수작을 부리려는 것인지 짐작이 가는군요."

서찰을 읽고 난 설란요백이 싸늘한 얼굴로 중얼거렸다.

독고풍도 대동협맹의 수작을 어느 정도는 알 것 같았다. 이즈음의 그는 예전처럼 앞뒤 꽉 막힌 아둔패기가 아니라 무림의 정세와 흐름에 대해서 웬만큼 파악하고 있는 상태이기 때문이다.

그래도 자신이 짐작하는 것이 맞는지 설란요백에게 확인할 필요가 있었다.

"태무천 그놈, 대천신등을 치고 돌아와서 중원무림을 어떻게 해볼 속셈인 거지?"

"아무래도 그런 것 같습니다. 대동협맹의 세력이 그 정도였다는 사실은 요마군에서도 알아내지 못했는데 정말 놀라운 일이군요."

태무천은 중원무림을 지탱하는 것이 대동협맹과 정협맹, 무적방, 세 개의 축이라고 생각했을 것이다.

정협맹과 무적방이 대천신등을 공격하는 연합 세력을 형성하기 위해서 전력의 절반 이상을 쏟아 붓고, 또 대천신등과의 싸움에서 그 세력을 잃게 된다면 이후 중원무림에 남아 있는 정협맹과 무적방의 잔존 세력을 공격하여 전멸시키는 것은 그리 어려운 일이 아닐 터이다.

설란요백이 이를 갈 듯이 말했다.

"우리가 서장으로 간 사이에 대천신등은 두 가지 중에 하나를 할 것 같습니다."

"그게 뭐지?"

"정협맹과 본 방을 공격해서 전멸시키던가, 아니면 암암리에 중원무림의 방, 문파들을 규합해서 세력을 키워 후일을 도모하려고 할 것입니다."

거기까지는 미처 생각하지 못한 독고풍은 눈살을 찌푸렸다.

"그럴 수도 있겠군."

말하고 나서 그는 즉시 정정했다.

"아니, 그럴 수도 있는 게 아니라 분명히 그럴 거야. 예전에 한 짓을 보면 충분히 그러고도 남을 놈이니까."

독고풍에게 심지가 제압된 신령불사가 거짓 정보를 보냈을 리가 없다.

그러므로 지금 독고풍과 설란요백이 하는 예측은 충분히 가능한 일인 것이다.

"요백 할매, 대동협맹의 수작에 대해서 어떻게 하면 좋을지 균현하고 상의해 봐."

"알겠습니다."

독고풍의 지시에 설란요백은 공손히 대답했다.

이윽고 그가 무석금위대가 거저로 사용하고 있는 전각 입구에 이르렀을 때 요몽이 급히 달려와서 보고했다.

"현서, 방금 보고가 들어왔는데 점창파와 곤륜파 장문인, 그리고 이십오맹숙 중에 일곱 명, 중원삼십육태두 중에 열한 명이 암살을 당했다고 하네."

독고풍은 씁쓸하게 대꾸했다.

"생각했던 것보다 피해가 크군."

설란요백은 너무나 놀란 표정으로 독고풍과 요몽을 번갈아 쳐다보았다.

방금 들은 내용도 놀랄 만한 것이지만, 그보다 요몽이 독고풍을 '현서'라 부르고 하대를 한 것 때문에 기절초풍했다.

"너… 주군께 무슨 짓이냐?"

"어머니……."

설란요백이 당장 일장을 발출할 것처럼 요몽을 꾸짖자 그녀는 어쩔 줄을 모르고 당황했다.

 선화루에서 독고풍의 강압에 못 이겨서 그를 '현서'라 부르고 또 하대를 하게 된 이후, 그를 따라서 이곳 옥봉원까지 오는 동안 줄곧 그런 식으로 대화를 하다 보니까 입에 배서 설란요백이 있는데도 그냥 튀어나왔던 것이다.

 그러자 독고풍이 손을 저었다.

 "요백 할매, 내가 시켜서 그러는 거니까 장모한테 뭐라고 하지 마."

 '장모······.'

 그 호칭 하나에 설란요백은 이 일이 어떻게 된 일인지 즉시 이해가 됐다.

 그와 동시에 독고풍이 요마낭을 정식으로 아내로 인정했다는 사실에 가슴이 벅차올랐다.

 독고풍이 한술 더 떠서 설란요백의 어깨를 가볍게 두드리며 빙긋 웃었다.

 "그러니까 요백 할매도 이제부터 나를 사위라고 불러. 말도 놓고. 알았지?"

 "속하가 어찌······."

 "명령이야."

 독고풍은 요몽에게 한 번 써먹었던 수법을 설란요백에게도 그대로 사용했다.

 과연 설란요백은 '명령'이라는 말에 할 말을 잃고 말았다.

지금은 이럴 상황이 아니지만 독고풍은 이참에 설란요백하고의 관계를 분명히 해두고 싶어서 짐짓 다기진 표정을 지으며 명령조로 말했다.

"한번 불러봐."

제아무리 설란요백이라고 해도 이런 경우에는 당황하고 머뭇거릴 수밖에 없다.

"주군……"

"명령이라니까! 어서 날 사위로서 불러봐."

명령에 죽고 사는 설란요백이니 더 이상 물러날 곳이 없다.

"소… 손서(孫壻)."

독고풍은 의아한 표정을 지었다.

"손서는 뭐야?"

요몽은 자신이 얼마 전에 그런 것처럼 어머니도 전전긍긍하는 것을 보면서 흐뭇한 마음으로 설명했다.

"손녀의 사위를 손서라고 하는 걸세."

"아, 그래? 그럼 나는 아내의 할머니를 뭐라고 부르지?"

"그냥 할머니라고 부르면 되네."

요몽은 설란요백보다 보름 남짓 먼저 경험을 했다고 느긋한 마음으로 설명했다.

"응. 그럼 요백 할매라고 부를게."

그는 두 사람을 나란히 세워놓고 한 번 더 당부했다.

"이제부터 우리는 가족이야. 그러니까 두 사람은 나를 사위로서 대해야 해. 알았지? 만약 그렇게 하지 않으면 엄한 벌을 내리겠어."

벌을 내리다니? 사위가 할 수 있는 말은 아니지만, 어쨌든 설란요백과 요몽은 그의 진심을 제대로 알아듣고 가슴이 터질 듯 기뻤다.

여자들만 있는 집안에 비로소 남자가 들어왔다. 그런데 그 사위가 대마종이라는 어마어마한 신분이니 그야말로 가문의 영광이 아닐 수 없다.

"장모, 그들에게 십팔광세의 암살에 대해서 다 알렸었나?"

독고풍은 다시 진중한 표정을 지으며 본론으로 돌아갔다. 사사로운 얘기와 공적인 대화를 자유자재로 넘나드는 것은 과거의 그에게는 볼 수 없었던 일이다.

요몽도 진지한 얼굴로 대답했다.

"하나도 빠짐없이 다 알렸었네."

설란요백이 무거운 얼굴로 자신의 생각을 얘기했다.

"죽은 자들은 우리의 경고를 귓등으로 들었거나 곧이 받아들여 경계를 했더라도 십팔광세를 당해내는 것이 역부족이었을 것입니다."

"또!"

"…것…일세."

"음."

독고풍이 지적을 하자 설란요백은 얼른 말끝을 바꾸었다.

"그리고… 이것은 끝이 아니라 시작일 것 같…네."

"시작?"

"십팔광세는 쉽사리 포기하지 않을 거야. 자신들의 목적을 이루어야지만 끝내겠지."

습관이란 신기하다. 설란요백은 한두 번 힘들게 하대를 하더니 이후부터는 자연스러워졌다.

독고풍은 생각하는 듯한 얼굴로 고개를 흔들었다.

"우리가 할 수 있는 일은 더 이상 없어."

"설혹 있다고 해도 하지 않는 것이 좋네."

"어째서?"

요몽은 자신이 나설 자리가 아니라서 입을 다물고 두 사람의 대화를 듣고만 있었다.

다만 어머니가 하대에 익숙해져 가는 것을 보며 신기한 표정을 지을 뿐이다.

설란요백이 단호한 표정을 지었다.

"십팔광세가 죽이려고 하는 자들은 잠재적으로 우리의 적일세. 언젠가는 우리가 죽여야 할 자들인 게지."

"그렇지만 대천신등을 치고 나서 죽일 것 아닌가?"

설란요백이 고개를 가로저었다.

"어차피 대천신등과 싸울 세력은 본 방과 정협맹, 대동협맹이 전부일세. 어쩌면 녹천대련 정도가 보탬이 될 수도 있겠지. 구파일방이나 이십오맹숙, 중원삼십육태두들은 대부분 정협맹과 대동협맹에 속해 있네."

요몽은 어머니가 하대를 하면서도 태도와 말투는 전과 조금도 달라지지 않고 공손하다는 사실을 새롭게 발견했다.

즉, 말만 하대로 할 뿐이지 다른 것은 여전히 주종 관계를 벗어나지 못했다는 것이다. 그리고 그 사실을 독고풍은 아직 눈치를 못 챈 것 같았다.

그리고 보니까 요몽 자신도 지금 설란요백이 하는 행동과 다를 바가 없었다. 두 여자는 말투만 바뀐 것이다.

"어떤 장소에 있던 자들이 죽었느냐?"

"군산 정협맹 총단 내에 머무르고 있는 자들은 아무도 죽지 않았네. 안휘성 합비(合肥)에 있는 대동협맹 총단 내에 있던 자들이나, 자신들의 방, 문파에 있던 자들, 그리고 외부에 출타 중인 자들이 죽었네. 정협맹은 다섯 명, 대동협맹이 열다섯 명일세."

정협맹은 독고풍의 경고를 믿고 충실하게 경계를 했다는 뜻이고, 대동협맹은 태무천과 좌우호법, 광양자가 출타 중이고, 또 경고를 불신하는 바람에 희생이 컸다는 것이다.

설란요백이 결론을 내려주었다.

"현재로선 사태의 추이를 지켜보는 수밖에 없네."

독고풍은 고개를 끄덕이고 나서 화제를 바꾸어 요몽에게 물었다.

"오늘 낭이를 봤어?"

요몽의 표정이 어두워졌다.

"전혀 차도가 없다고 하더군."

독고풍은 어젯밤 이곳에 도착하자마자 요몽과 함께 요마낭에게 달려갔고, 오늘 아침에도 눈을 뜨기가 무섭게 요마낭에게 가서 반 시진 넘게 곁에 앉아 있었다.

하지만 요몽은 더 오래 딸 곁에 있었다. 그리고 자신이 무엇을 할 수 있을지 곰곰이 궁리했으나 결국 아무것도 할 수 없다는 사실만 거듭해서 깨달았다.

설란요백과 요몽은 독고풍의 안색이 어두워지는 것을 보고 가슴이 짠해졌다.

그녀들은 그가 얼마나 요마낭의 소생에 심혈을 기울이고 있는지 잘 알고 있다.

비록 그가 아무것도 할 수 없다고 해도 그의 정성은 두 여자를 감동시키기에 부족함이 없었다.

또한 독고풍이 없는 동안 은예상과 단예소가 요마낭을 소생시키려고 매일 약초 더미 속에 파묻혀서 지낸 것에 감격하고 있던 설란요백은 그 사실을 요몽에게 말해주었고, 그녀 역시 감격을 금치 못했다.

독고풍은 두 여자를 놔두고 전각 입구로 걸어 들어가다가 다시 돌아와서 심각한 얼굴로 말했다.

"요백 할매하고 장모에게 허락받을 것이 있어."

독고풍이 말을 꺼내기도 전에 설란요백이 크게 고개를 끄덕이며 허락했다.

"무조건 찬성하네. 어서 들어가 보게."

그녀는 독고풍이 단예소와 은예상에게 자미룡을 넷째 부인으로 맞이할 수밖에 없는 이유를 설명할 때 그 자리에 있었으므로 더 들을 얘기가 없었다.

요몽은 무슨 일인지 몰랐으나 어머니의 뜻에 전적으로 동의했다.

"고마워!"

독고풍은 손을 흔들면서 전각 안으로 들어갔다.

第九十八章
기적 같은 소생

대마중
大麓宗

"깨워라."

독고풍이 술이 만취되어 침상에서 자고 있는 자미룡을 굽어보며 명령하자 강조가 즉시 손을 뻗어 그녀의 맥을 잡고 진기를 끌어올려 취기를 빨아냈다.

잠시 후 자미룡이 뒤척이며 깨어날 기미를 보이자 강조는 뒤로 물러나고 독고풍이 침상에 걸터앉았다.

"음… 아!"

자미룡은 눈을 뜨고 상체를 일으키다가 자신을 빤히 굽어보고 있는 독고풍을 발견하고는 깜짝 놀랐다.

짜악!

"이 나쁜 놈!"

순간 그녀는 힘껏 독고풍의 뺨을 후려갈겼다.

워낙 창졸간이고 또 가까웠기 때문에 천하의 독고풍이라고 해도 두 눈 뻔히 뜨고 뺨을 맞을 수밖에 없었다.

창!

"이년!"

강조가 검을 뽑으면서 득달같이 자미룡을 베어가자 독고풍이 손을 뻗어 만류했다.

사미룡은 눈에서 새파란 안광을 뿜어내며 독고풍에게 날카롭게 외쳤다.

"이놈아! 네가 그러고도 인간이냐?"

독고풍은 착잡한 표정으로 그녀를 응시하다가 일어나서 아무 말 없이 방을 나갔다.

거의 그와 동시에 자미룡은 잠이 덜 깬 멍한 얼굴로 중얼거렸다.

"내가… 방금 누굴 때린 거지?"

강조는 검을 움켜쥐고 있는 오른손을 부들부들 떨면서 이를 갈았다.

"미친년아! 너는 방금 주군의 뺨을 때렸다!"

"설마… 풍 랑이 눈앞에 있었던 게 현실이었어?"

그녀는 방금 전까지 꾸고 있던 꿈속에서 독고풍이 수십 명의 여자를 부인으로 맞이하면서도 끝내 자신을 외면하는 꿈찍한 일을 생생하게 겪고 있었다.

화가 머리 꼭대기까지 치민 그녀는 독고풍에게 원한이 사무쳤는데, 바로 그때 잠에서 깼던 것이다.

자미룡은 머릿속이 새하얗고 아무 생각도 나지 않았다. 그저 낭떠러지 끝에 서 있는 듯한 표정으로 멍하니 앉아 있을 뿐이다.

그때 강조가 방을 나가면서 싸늘하게 중얼거렸다.

"주군께선 좋은 일로 친히 너를 만나러 오셨는데 그런 발칙한 짓을 하다니……."

"좋은 일?"

꿈은 현실과 반대였다.

그녀는 개꿈을 꾸었던 것이다.

독고풍은 어떻게 하루를 보냈는지 모를 정도로 정신없이 바쁘게 밤을 맞이했다.

그는 예전에 이곳 옥봉원에 머물고 있을 때 무적사마영의 동마영인 원진에게 부친 마군황의 독문 무공들을 배웠었다.

비록 세 종류지만 각각이 너무나 심오해서 단시일에 완성할 수 있는 절학이 아니었다.

그래서 그날 이후 시간만 나면 틈틈이 그것들을 연마했고, 오늘도 하루의 절반 이상을 무공 연마로 보냈다.

그리고 나머지 반은 무적방의 대내외적인 업무 보고와 측근들과의 상의, 그리고 결정을 내리는 것으로 보냈다.

그가 집무실을 막 나서려고 할 때 예상하지도 않은 자미룡이 불쑥 찾아왔다.

방문을 열고 들어온 그녀는 등 뒤로 방문을 조심스럽게 닫고 나서 독고풍의 얼굴을 감히 마주 쳐다보지도 못하고 고개를 푹 숙인 채 옷자락만 만지면서 어쩔 줄을 몰라 했다.

독고풍은 그녀가 왜 찾아왔는지 짐작했다. 뺨을 때린 것 때문일 것이다.

하지만 그것 때문에 화가 날 만큼 독고풍은 옹졸한 성격이 아니다. 그저 그녀에게 그럴 만한 이유가 있을 것이라고 생각했다.

"무슨 일이냐?"

그렇지만 그는 장난기가 발동하여 일부러 냉랭한 목소리로 물었다.

그 바람에 자미룡은 더욱 당황하여 늘씬한 몸을 가늘게 떨면서 거의 울 듯한 표정이 되고 말았다.

"주군, 잘못했어요."

실제로 그녀는 그 말을 하면서 닭똥 같은 눈물을 후드득 떨어뜨렸다.

또한 평소 독고풍과 단둘이 있기만 하면 입버릇처럼 '풍랑'이라고 불렀는데 지금은 얼마나 겁을 먹었는지 '주군'이라 부르고 있다.

슥―

 그때 독고풍이 손을 뻗어 손가락 하나를 자미룡의 턱에 대고 얼굴을 들어 올렸다.

 자미룡은 얼마나 겁을 먹었는지 안색이 창백하게 변했으며 파리한 입술을 바르르 떨고 있었다.

 그녀는 독고풍의 얼굴이 굳어 있는 것을 눈물 너머로 발견하고는 겁을 넘어서 공포에 질려 버렸다.

 "주군, 제발… 어떤 벌이라도 받을 테니 주군 곁을 떠나라는 말씀만 하지 마세요. 네?"

 그녀에게 있어서 독고풍의 곁을 떠나는 것이야말로 죽음보다 더 큰 형벌인 것이다.

 그리고 그것을 독고풍도 알게 되었다.

 "너, 처녀냐?"

 "……."

 독고풍이 갑자기 불쑥 묻자 자미룡은 무슨 뜻인지 몰라 그를 바라보기만 했다.

 독고풍은 대답을 하지 못하는 그녀가 순결한 몸이 아닐 것이라고 짐작했다.

 그에게 있어서 순결한 몸과 그렇지 않은 몸의 차이는 세상 사람들이 보는 기준과는 다르다. 단지 순음지기가 있느냐 없느냐의 차이일 뿐이기 때문이다.

 독고풍은 그녀의 눈물을 닦아주었다. 그의 커다란 손에 그녀의 작은 얼굴이 온통 가려져서 보이지도 않을 정도였다.

문득 그는 일 년하고도 두어 달 전에 항주성에서 자미룡을 처음 만났던 일이 떠올랐다. 그것은 마치 바로 어제 일처럼 생생했다.

그러더니 자미룡과 함께 겪었던 수많은 일들이 주마등처럼 떠오르며 빠르게 스쳐 지나갔다.

그리고 보니까 독고풍은 그녀와 참으로 많은 일을 함께했고 가장 오랜 인연을 맺고 있다는 사실을 새삼스럽게 깨달았다.

적멸가인과 요마낭이 독고풍의 측근이 되자마자 짧은 시일 동안 한꺼번에 많은 일이 벌어졌다면, 자미룡은 있는 듯 없는 듯한 존재로 드러나지 않는 음지에서 독고풍의 곁을 거의 한시도 떠난 적이 없었다. 그리고 그가 겪은 일들을 그녀 역시 거의 모두 겪었다.

그래서 독고풍은 자신이 그동안 자미룡에게 무심했다는 생각이 들었다.

아니, 무심한 정도가 아니다. 독고풍 측근의 다른 여자들에 비하면 그녀는 거의 방치해 둔 수준이었다.

그렇게 생각하자 미안한 마음이 생겼고, 뒤를 이어서 자신이 그녀를 좋아하고 있었다는 생각이 들었다.

하지만 그것은 누이동생에게 느끼는 것 같은 감정이었다. 요마낭에게 느꼈던 감정과 같은 것이다.

그렇지만 요마낭은 틈만 나면 독고풍에게 온몸을 던져서 도전과 모험을 감행했고, 자미룡은 음지에서 마음만 졸이면서 그저 바라보고만 있었다는 점이 다르다.

그래서 또 독고풍은 자미룡이 요마낭 같은 당돌함이나 용기마저 없어서 늘 뒷전 신세였다는 사실을 깨달았다.

"진아."

독고풍은 커다란 손으로 자미룡의 뺨을 어루만지면서 온화하게 불렀다.

자미룡은 깜짝 놀라 바라보다가 그의 얼굴에 측은함과 부드러운 미소가 동시에 떠올라 있는 것을 발견하고는 갑자기 흑! 하고 헛숨을 들이켰다. 격한 감정이 파도처럼 치밀어 오른 것이다.

"내가 너에게 너무 무심했구나. 미안하다."

예상하지도 않은 독고풍의 그 말이 자미룡을 완전히 허물어뜨렸다.

"풍 랑……."

자미룡은 그제야 독고풍이 화를 내고 있었던 것이 아니라는 사실을 깨달았다.

"으앙~! 풍 랑!"

순간 그녀는 독고풍의 가슴으로 뛰어들면서 어린아이 같은 울음을 터뜨렸다.

분명하게는 아니지만 독고풍은 그녀가 우는 이유를 알 수 있을 것 같았다.

　세상에는 설명할 수 있는 것보다 그렇지 못한 것이 더 많다는 사실을 그는 오악도의 어린 시절 때부터 경험을 통해서 익히 알고 있었다.

　그는 자미룡의 등을 부드럽게 토닥일 뿐 아무런 말도 하지 않았다.

　그녀는 두 손으로 그의 등을 끌어안은 채 아주 오랫동안 서럽게 울기만 했다.

　독고풍은 조금도 귀찮아하지 않고 계속 그녀의 머리나 등을 쓰다듬어 주었다.

　어느 순간 자미룡이 갑자기 울음을 뚝 멈추더니 고개를 들어 독고풍을 올려다보며 물었다.

　"아까 소녀에게 처녀냐고 물은 것이 아직 처녀지신이냐는 뜻이었나요?"

　불현듯 그 생각이 난 것이다.

　"그래."

　자미룡은 억울하다는 듯 뾰족한 목소리로 항변했다.

　"소녀는 아직까지 남자하고 손조차 잡아본 적이 없어요. 소녀의 가슴을 만지고 또 그곳을 만진 사람은 천하에 오직 풍랑밖에 없어요."

　"그래?"

　독고풍의 눈이 커다래지면서 입이 헤벌쭉 벌어졌다. 순음지기는 일단 해결이 된 것이다. 그런데 속으로는 좋아하면서도 은근히 장난기가 발동했다.

"그런데 내가 언제 너의 거기를 만졌다는 것이냐?"

"전에 만졌잖아요! 항주성 무적방에 풍 랑을 암살하려는 무리가 급습했던 날 밤에 말이에요!"

자미룡은 억울해서 죽겠다는 듯 외쳤다.

독고풍은 고개를 갸웃거렸다.

"글쎄… 나는 그런 기억이 없는데… 너 혹시 다른 남자하고 나를 착각하고 있는 거 아니냐?"

"풍 랑 순……."

자미룡의 흑백이 뚜렷한 커다란 눈에 다시 억울한 눈물이 가득 고여 들었다.

그러면서도 그녀는 독고풍을 꼭 끌어안고 있는 두 팔을 풀지 않았다.

그녀는 절망적인 표정으로 그를 올려다보면서 간절하게 물었다.

"정말 기억이 안 나요?"

"응."

"소녀는 그때의 느낌까지 생생하게 기억하는데 어쩜 당신은 그럴 수가 있죠?"

"느낌이 어땠는데?"

자미룡은 썩은 밧줄이라도 잡고 싶은 심정이라서 자신의

말에 독고풍이 무엇이라도 기억을 떠올려 주기를 원했다.

"그 느낌은 마치 온몸이 녹아버리는 것처럼 황홀하고 또… 수천 개의 바늘로 온몸을 살짝살짝 찌르는 것처럼 짜릿한… 그런 기분이었어요."

"흠, 그래?"

"그리고 입안에 침이 마르고 머리카락이 쭈뼛거리… 아!"

열성적으로 장황하게 설명하던 자미룡이 갑자기 나직한 탄성을 터뜨렸다.

독고풍이 갑자기 그녀의 바지 괴춤으로 손을 쑥 집어넣었기 때문이다. 아니, 그 손은 아예 속곳 속으로 단번에 파고들어 가버렸다.

그 순간 자미룡의 몸이 빳빳하게 굳었고 호흡이 정지됐다.

그때 독고풍의 손이 움직임을 개시했다. 그러자 그녀는 온몸을 부르르 떨며 그의 등을 끌어안은 두 팔에 잔뜩 힘을 주면서 몸을 더욱 밀착시켰다.

"이런 기분이었느냐?"

"하아… 네……."

자미룡은 비몽사몽간에 겨우 대답을 하고는 몸을 후들후들 떨면서 얼굴을 독고풍의 가슴에 묻어버렸다.

그러자 독고풍이 그녀를 번쩍 안고는 성큼성큼 침상으로 걸어가면서 그녀의 귀에 대고 달콤하게 속삭였다.

"너 죽어도 책임 못 진다."

먼저 옷을 벗고 침상에 누운 독고풍은 자미룡이 옷을 모두 벗고 몹시 부끄러운 듯이 침상 옆에 서 있는 것을 보고는 놀라서 자신도 모르게 벌떡 일어나 앉았다.

그리고는 신음처럼, 아니, 감탄처럼 중얼거렸다.

"너… 정말 멋진 몸을 가졌구나?"

자미룡은 더욱 부끄러워 새빨개진 얼굴을 아예 푹 숙여 버리고 말았다.

원래 활달하고 솔직한 성격인 그녀에게 이런 면이 있다는 것은 그녀 자신도 모르고 있었던 일이다.

자미룡의 나신은 실로 기막히게 아름다웠다. 적멸가인처럼 큰 키도, 요마낭처럼 작은 체구도 아닌, 적당한 키와 체구의 그녀는 정말로 팽팽한 젖가슴과 가느다란 허리, 아담하면서도 단단하게 올려 붙은 엉덩이와 곧게 뻗은 늘씬한 다리를 지니고 있었다.

은예상이나 적멸가인에 비해 결코 뒤지지 않는, 아니, 어떤 면에서는 오히려 그녀들보다 뛰어난 몸매였다.

은예상은 눈이 부신 듯 희고 너무도 부드럽고 포근한 살결을 지녔다. 그래서 그녀를 안고 있으면 꿈을 꾸듯 편안한 느낌이 들었다.

적멸가인은 약간의 근육질로 이루어진 단단하면서도 흠잡을 데 없는 매끈한 육체를 지니고 있어서 그녀와 몸을 섞으면 독고풍의 온몸 각 부분과 정신이 파릇파릇 생동감에 넘쳐서 아무리 씨근거려도 지칠 줄을 모른다.

　독고풍은 이끌리듯 손을 뻗어 자미룡의 허리를 안아 자신 쪽으로 잡아끌었다.

　그러자 그녀는 갓 잡아 올린 물고기처럼 화드득 놀라는 듯 하더니 곧 뼈가 없는 듯 그의 품에 쓰러져 왔다.

　그러나 독고풍은 그녀를 일으켜 자신의 앞에 무릎을 꿇고 상체를 곧추세우게 했다.

　그리고는 두 손으로 천천히 그녀의 온몸을 더듬으며 음미하기 시작했다.

　그의 예상이 맞았다. 자미룡의 몸은 흡사 팽팽하게 잡아당긴 활시위처럼 탄력적이었다.

　어느 순간, 도저히 욕정을 참을 수 없게 된 독고풍이 그녀를 안고 침상에 쓰러졌다.

　그리고 잠시 후, 자미룡은 독고풍이 자신의 몸으로 밀고 들어오는 둔중한 아픔과 환희를 느끼고 자신도 모르게 손톱으로 그의 등을 힘껏 꼬집으며 뾰족한 소리를 질렀다.

　"아악!"

　그 순간 기쁨의 눈물이 그녀의 두 눈에서 샘물처럼 솟구쳐 흘렀다.

　독고풍은 이른 아침 묘시(卯時:아침 6시)에 일어나 침상에서 내려오려고 이불을 젖혔다가 엎드린 자세로 잠들어 있는 자미룡의 나신을 발견하고는 다시 격렬한 욕정을 느꼈다.

지난밤에 다섯 차례나 그녀를 짓밟아놓고서도 성에 차지 않는 그는 대단한 정력의 소유자가 분명했다.

결국 그는 여섯 번째 정사로 자미룡을 아예 기진맥진하게 만들어놓고서야 침상에서 내려와 옷을 입었다.

그가 유시에 기상을 하는 것은 이곳 옥봉원에서의 규칙적인 습관이었다.

연공실에서 반 시진 정도 운공조식과 무공 연마를 하고는 신시(辛時:7시)에 요마낭에게 가서 반 시진쯤 곁에 앉아 있다가 거처로 돌아와 은예상, 적멸가인, 단예소와 함께 아침 식사를 한다.

그런 그가 그 규칙을 스스로 깰 수밖에 없을 정도로 자미룡은 매력, 그리고 유혹 덩어리였다.

"주군! 헌서! 어, 어서 와보시게! 어서!"

독고풍이 연공실로 향하고 있을 때 갑자기 나타난 요몽이 쏜살같이 달려오면서 마구 외쳤다.

그녀는 얼굴이 벌겋게 상기됐으며 제정신이 아닌 것처럼 보였다.

"무슨 일인가, 장모?"

"낭이가… 낭이가 깨어났소!"

"낭이가……?"

요몽이 눈물을 펑펑 흘리면서 독고풍의 손을 잡고 끌자 그는 잠시 멍한 얼굴이 되었다.
"깨어났다는 것은… 살아났다는 말이야?"
"그렇다네. 그 아이가 깨어나서 말을 하고 있다네."
"말을……?"
독고풍은 믿어지지 않는 듯한 표정으로 중얼거렸다.
사실 요몽은 전날 밤에 그랬던 것처럼 지난밤에도 딸 요마낭 곁에서 뜬눈으로 지새웠다.
그러다가 지정이 조금 넘은 시각에 갑자기 요마낭이 눈을 뜨고 깨어나는 것을 발견했다.
뿐만 아니라 그녀는 요몽을 알아보고 속삭이는 듯한 목소리로 말까지 했다.
요몽은 감격에 겨워 딸을 끌어안고 펑펑 울고 나서 한동안 대화를 하던 중에 그제야 퍼뜩 독고풍이 생각나서 부랴부랴 그에게 달려왔었다.
그런데 독고풍은 자미룡과 뜨겁게 사랑을 나누고 있는 중이어서 요마낭이 깨어났다는 소식을 전할 수가 없었다.
그래서 요몽은 정사가 끝나기를 학수고대했으나, 끝났나 싶으면 또다시 시작하고, 이번에는 끝났겠지 기대하면 또 새로운 정사를 시작하기를 반복했다.
그래서 요몽은 요마낭과 독고풍 사이를 오가면서 계속 기다렸고, 그사이에 설란요백과 은예상 등에게 요마낭이 깨어났다는 사실을 알려주었다.

그리고는 다시 독고풍을 기다리고 있다가 이제야 소식을 전하게 된 것이다.

결과적으로 독고풍은 그 소식을 옥봉원에서 가장 늦게 들은 사람이 되었다.

"가자!"

말이 끝나기도 전에 독고풍은 이미 저만치 바람처럼 쏘아가고 있었다.

왈칵!

"낭아!"

독고풍이 벼락처럼 소리치며 요마낭의 방으로 들어서자 침상 가에 모여 있던 여자들이 일제히 돌아보았다.

그녀들은 은예상과 적멸가인, 단예소, 냉운월, 설란요백 등이었으며 만면에 기쁜 기색이 가득 떠올라 있었다.

독고풍이 달려들어 가자 여자들이 약속한 것처럼 쫙 길을 터주었다.

그러자 침상에 누워 있는 요마낭의 모습이 한눈에 들어왔다.

그녀는 방금 독고풍이 들어서면서 외치는 소리를 듣는 순간 눈물을 펑펑 쏟아내기 시작했다.

그녀는 여전히 목내이(미라)나 다름없는 형편없는 몰골을 하고 있었다.

죽은 지 족히 몇 년쯤은 지난 것처럼 보이는 몰골인데 휑하게 움푹 꺼진 두 눈은 신기할 정도로 맑았다. 그리고 그 눈에서 흘러넘치는 눈물은 그보다 더 투명했다.

"낭아……."

독고풍은 아예 신발을 벗고 침상 위로 올라가 요마낭 앞에 앉으며 두 팔을 내밀었다.

"주군……."

요마낭은 독고풍을 바라보며 상체를 일으키려고 애썼으나 뜻대로 되지 않는 듯했다.

독고풍은 그녀를 번쩍 안아 들어 자신의 무릎 위에 마주 보는 자세로 앉혔다. 그녀는 정말 새털처럼 가벼워서 전혀 무게감이 느껴지지 않았다.

"속하의 모습이… 너무도 형편없지요?"

요마낭은 두 손을 독고풍의 가슴에 대고 부끄러운 듯 속삭였다.

죽었다가 간신히 소생하여 사랑하는 사내를 처음 대면하는 자리에서 자신의 초라한 외모를 부끄러워하고 있는 그녀는 영락없는 여자였다.

독고풍은 두 손으로 그녀의 뺨을 감싸고 얼굴을 가까이 들여다보면서 환한 표정을 지었다.

"너보다 더 예쁜 여자는 천하에 없을 것이다."

요마낭은 속으로는 기쁘면서도 까칠하고 핏기없는 입술을 삐죽거렸다.
"피이, 거짓말."
독고풍은 침상 가에 둘러 서 있는 여자들을 쓸어보았다.
"여기서 낭이보다 더 예쁜 여자 있으면 나와봐."
은예상과 적멸가인이 배시시 미소 지으면서 말했다.
"소녀는 둘째의 미모에 발끝에도 미치지 못해요."
"둘째 언니가 저런 모습이 됐는데도 불구하고 소녀보다 훨씬 아름다운데, 대체 예전에는 어땠겠어요?"
요마낭은 그녀들의 위로에 방그레 미소 지었다.
"고마워요, 두 분."
살아 있으니까 이런 행복을 느낄 수도 있는 것이라는 생각이 들자 그녀는 생명의 소중함을 새삼 절감했다.
독고풍은 요마낭을 가슴에 포근히 안았다. 조금만 힘을 가해도 부서져 버릴 것 같아서 조심을 기했다.
많은 말과 장황한 표현 따윈 필요하지 않았다. 두 사람은 안고 안긴 채 자신들이 얼마나 상대를 그리워했었는지를 맞닿은 심장을 통해서 전달했다.
여자들은 그 모습을 보면서 마치 자신의 일인 양 흐뭇한 표정을 지었다.
"낭아, 이제부터는 오빠가 널 지켜줄 테니까 너는 아무 걱정 하지 말고 어서 건강해져라. 알았지?"

"네."

한참 만에 독고풍이 요마낭의 등을 쓰다듬으며 말했다.

요마낭은 너무나 행복해서 숨이 멎을 정도였다. 한 번 죽었다가 깨어나니까 모든 것이 변했다. 마치 다른 세상에서 새로 태어난 듯한 기분이다.

"그런데… 낭이가 어째서 갑자기 깨어났지?"

그제야 궁금해진 독고풍이 묻자 단예소가 설명했다.

"그동안 첫째가 많은 약을 만들어서 둘째에게 먹였는데, 아무래도 보름 전에 마지막으로 먹인 약이 뒤늦게 효과를 본 것 같구나."

"그럼 상아가 낭이를 살린 것이로군."

"어머니와 함께 약을 만들었어요."

은예상은 부끄러운 듯 얼굴을 붉히면서 단예소 뒤에 숨었다.

독고풍은 두 여자를 보며 진심 어린 표정으로 치하했다.

"고마워, 상아. 고마워요, 어머니. 만약 낭이에게 무슨 일이 생겼다면 나는 죽을 때까지 괴로웠을 거예요."

그 말에 크게 감격한 요마낭이 독고풍의 품속에서 바르르 야윈 몸을 떨었다.

독고풍은 요마낭의 등 한복판 명문혈에 장심을 밀착시키고 부드러운 진기를 주입시켜 주었다.

이미 설란요백과 요몽, 적멸가인이 차례로 진기를 주입했으나 그녀들과 독고풍의 진기 주입 방법은 근본적으로 다르다.

그녀들의 진기는 요마낭의 혈맥으로 가지만, 독고풍의 진기는 그녀의 온몸 구석구석까지 뻗어 있는 수만 가닥의 미세손락(微細孫絡) 끝까지 미친다. 그래서 온몸의 말초적인 것부터 일깨울 수 있는 것이다.

"하아……"

그가 명문혈에서 손을 떼자 요마낭이 긴 숨을 토해내는데 얼굴에 발그레 홍조가 감돌았다.

"힘이 생겼어요."

그녀는 여태까지보다 큰 목소리로 밝게 말했다. 말도 매우 또렷해졌고 얼굴에는 생기가 흘렀다.

독고풍은 빙그레 미소 지었다.

"우선은 젓가락을 들 수 있는 힘 정도만 있으면 돼."

"그다음은요?"

요마낭이 기대하듯 뺨을 독고풍의 어깨에 기대고 물었다.

"식사를 많이 하면 걸을 힘이 생기지."

아무도 모르고 있지만 독고풍과 요마낭 두 사람만 느끼고 있는 것이 있었다. 아니, 어쩌면 요마낭만 느끼고 있는 것인지도 모른다.

여태까지는 손이나 다리, 온몸에 별다른 느낌이 없었는데 조금 전부터 어떤 느낌이 슬그머니 생겨나기 시작했다.

몸에서 가장 중심이 되는 부위, 즉 옥문이다. 그녀가 다리를 벌린 자세로 독고풍의 허벅지에 마주 보고 앉아 있기 때문에 그곳은 그의 음경과 밀착되어 있는 상태다.

지금 그녀는 자신의 옥문을 지그시 찌르고 있는 독고풍의 음경과 그것 때문에 발생한 미묘한 흥분이 마치 수면에 퍼지는 잔물결처럼 옥문을 중심으로 천천히 퍼져 나가는 것을 느끼고 있었다.

그것 역시 생명의 느낌이다.

"사! 밥 먹으러 가사!"

그때 독고풍이 요마낭을 안은 채 침상에서 내려오며 활기차게 말했다.

第九十九章
녹천신왕(綠天神王)

독고풍은 옥봉원의 연공실 안에서 벌써 세 시진 이상 운공조식을 하면서 꼼짝도 하지 않고 있었다.

적멸가인의 말은 반만 맞았다.

자미룡은 순결한 몸이었고 순음지기를 지니고 있었으나 독고풍의 내단을 완벽하게 용해할 정도는 아니었다.

아니, 순음지기가 부족한 것이 아니라 내단이 너무 크기 때문이었다.

적멸가인은 처녀지신이 절정에 도달했을 때 순음지기가 가장 극대화된다고 귀띔을 해주었었다.

그래서 독고풍은 어젯밤에 자미룡과 처음 정사를 할 때 그녀를 흥분시켜서 절정에 도달하게 하려고 무던히 애썼으나 뜻대로 되지 않았다.

생전 처음 정사를 하는 여자들은 거의 대부분 처녀막이 찢어지고 질 내부가 갑자기 확장되는 고통을 느낄 뿐이지 절정에 이르기는 어려운 일이다.

더구나 독고풍의 음경은 크다고 자랑하는 사내들보다 서너 배는 더 커서 자미룡에게 더 큰 고통을 주었다.

세 번의 정사가 끝났을 때 자미룡이 독고풍의 음경을 만져 보고는 대경실색하여 '맙소사! 어떻게 이런 무지막지한 물건을 몸에 꽂고도 자신이 죽지 않았는지 신기한 일'이라고 말했을 정도이다.

결국 독고풍은 자신이 알고 있는 모든 방법, 즉 삽입한 상태에서 운홀우황지수법을 사용했고, 장차 꼭 요긴하게 사용할 날이 있을 것이라면서 빙염이 공들여서 전수한 방중 비술을 발휘해서야 자미룡을 절정에 이르게 할 수 있었다.

여하튼 독고풍은 자미룡과의 첫 번째 정사에서 내단을 삼할밖에 용해하지 못했다.

혹시나 싶어서 두 번째, 세 번째 정사 때에도 계속 시도해 봤지만 효과가 없었다. 첫 번째 정사에서 순음지기가 모두 방출된 것이었다.

이후 이른 아침에 일어나서 곧장 연공실로 가서 운공조식을 하려고 했으나 요마낭이 깨어났다는 소식을 듣고 달려가 그녀와 한나절 동안 함께 지낸 후에야 겨우 연공실에 들 수가 있었다.

그때부터 쉬지 않고 세 시진 동안 운공조식을 계속했으나 내단이 삼 할만 녹았다는 사실은 변함이 없었다.

그래서 결국 그는 하나의 결론에 도달했다.

"다른 처녀가 더 필요한 건가?"

어쨌든 그는 아버지의 내단 삼 할을 용해하여 공력이 일 갑자 정도 급증했다.

그래서 현재 그의 공력은 무려 육 갑자 반, 사백 년에 육박하고 있었다.

지금 그는 마지막 운공조식의 마무리 단계에 들어가 있는 중이다.

등봉조극, 오 갑자의 공력이었을 때 운공조식을 하면 그의 몸에서 다섯 개의 기운이 오색으로 빛나면서 뿜어져 몸을 감싸며 회전하다가 운공조식이 끝나기 직전에 다시 체내로 흡입되었었다.

그런데 지금은 운공조식을 해도 아무런 변화가 일어나지 않았다.

다만 붉은색의 희뿌연 안개 같은 것이 그의 몸 주위에 피어 있을 뿐이다. 즉, 혈무(血霧)다.

얼마 전까지만 해도 그는 등봉조극 다음 단계인 육식귀원에 들어선 단계였는데, 현재는 육식귀원의 정점에 도달해 있는 상태다.

　사람이 처음으로 무공에 입문한 상태가 옹달샘에서 막 흘러나온 작은 물줄기라면, 일류고수는 시냇물, 절정고수는 급류, 초절고수는 도도히 흐르는 대강(大江), 그리고 초절정고수를 바다라고 할 수 있을 것이다.

　지금 독고풍은 커다란 강이 막 바다와 합쳐지려는 상황이다. 그가 바다가 되면 운공조식을 해도 아무런 변화가 일어나지 않을 것이다.

　바다는 흰머리가 검어지고 빠진 치아가 새로 난다는 반로환동(返老還童)의 경지이기 때문이다.

　이때부터는 공력이 몇 갑자니 몇백 년이니 하는 것은 그다지 의미가 없다.

　육식귀원이냐, 반로환동이냐, 아니면 그 위의 단계, 신의 경지에 들어간다는 출신입화(出神入化), 그리고 무공을 배우는 자들의 최후, 최고 단계이며 인간의 육신을 갖고 승천을 한다는 우화등선(羽化登仙), 혹은 조화지경(造化之境)이라고 부르는 신선의 경지 등으로 분류를 하게 된다.

　독고풍은 더 이상 내단을 용해할 수 없다는 사실을 확인했으면서도 한정없이 계속 붙잡고 있는 것은 우둔한 짓이라고 생각했다.

　그래도 이 정도 공력이면 십팔광세 정도는 십 초식 안에 때려잡을 수 있을 것이라는 사실이 조금 위로가 됐다.

독고풍은 운공조식을 끝내고도 석대 위에서 내려오지 않고 생각에 잠겼다.

생각을 하려고 해서가 아니라 운공을 끝내자마자 갑자기 당금 중원무림의 정세와 자신이 이끌고 있는 무적방에 대한 생각이 기다리고 있었다는 듯 떠오른 것이다.

어쩌면 무의식중에 떠올랐을 수도 있다. 대천신등의 십팔광세 중 한 명이 자신보다 더 고강하고, 그런 인물이 득실거리는 대천신등을 상대해야 하며, 살아서 돌아와 중원무림을 장악해야 한다는 강박관념이 원인이었을 것이다.

그가 당금의 정세에 대한 총체적인 생각을 정식으로 하는 것은 지금이 처음이다. 여태까지는 지엽적인 것들만 생각하고 해결했다.

그것은 그가 이제는 행동에 앞서 많이 생각하는 사람으로 변모했다는 증거였다.

중원무림을 장악하는 일은 나중 일이다. 우선은 어떻게 대천신등을 괴멸시키느냐가 급선무다.

그리고 결론은 금세 나왔다.

'강해지는 것밖에 없다. 지금보다 훨씬 더.'

독고풍 자신 혼자만 강해져선 소용이 없다. 무적방 전체가 강해져야만 한다.

또한 대천신등이라는 공동의 적을 괴멸시키려면 정협맹과 대동협맹도 더불어서 강해져야 할 것이다.

강해지기만 하면 정협맹이든 대동협맹이든 서장으로 끌고 가서 수단과 방법을 가리지 않고 그곳을 무덤으로 만들어줄 것이다.
그런데 대동협맹이 일만 명이 넘는 고수들을 거느리고 있으면서도 대천신등 연합 세력에 달랑 오백 명만 내놓겠다니 생각할수록 가증스럽다는 생각이 들었다.
'그 늙은 너구리를 어떻게 하지?'
독고풍은 버릇처럼 파르라니 수염을 깎은 턱을 쓰다듬으면서 무적검절 태무천에 대해서 생각했다.
그러나 그의 생각은 그리 길게 가지 않았다. 사실 여태까지의 그의 경험으로 미루어봤을 때 이런 경우에 해답은 언제나 하나뿐이었다.
'까짓것, 죽여 버리지, 뭐.'
어떨 때에는 가장 단순한 것이 가장 훌륭한 방법이다.
그런데 독고풍은 단순하다.
그래서 그는 종종 가장 훌륭한 방법을 생각해 낸다.
석대에서 내려선 그는 입구로 걸어가다가 한 가지 결정을 더 내렸다.
"오악도의 네 마물을 불러와야겠어."

집무실 거실 의자에 앉아 있는 독고풍 앞에 균현과 요몽이 부동자세로 서 있었다.

균현과 요몽은 독고풍의 갑작스런 부름을 받고 달려오다가 집무실 입구에서 마주치고서야 독고풍이 자신만 부른 것이 아니라는 사실을 깨달았다.
 그들 두 사람은 맡고 있는 일이 다르고 공통점이 거의 없다. 그러므로 함께할 만한 일 역시 없다.
 그래서 그들은 독고풍이 자신들에게 각각 다른 일을 지시할 것이라고 예상했다.
 그렇지만 두 사람의 예상은 완전히 빗나갔다. 그리고 독고풍의 명령은 두 사람을 경악시키기에 충분했다.
 "두 사람이 오악도에 가서 네 마물을 중원으로 데리고 와야겠어."
 "……."
 두 사람은 너무나 놀라서 입이 떨어지지 않았다.
 얼마나 놀랐는지 열 호흡쯤 지나서야 균현이 겨우 입을 열어 독고풍이 한 말을 확인했다.
 "사…대종사를 중원으로 모셔오라는 말씀입니까?"
 "그래."
 독고풍은 기억을 짜내려는 듯 가볍게 인상을 쓰면서 말을 이었다.
 "그런데 오악도가 어디에 있는지 정확하게 모르겠어. 어쨌든 내가 오악도를 출발해서 육지에 닿았던 곳을 자네들에게 가르쳐 줄 테니까 거기에서부터 계속 동쪽으로 가봐."

오악도를 출발한 뒤 풍랑에 휩쓸리고 바닷물에 빠지기도 했던 그가 제대로 알고 있을 리가 없다.

"동쪽으로 말입니까?"

독고풍의 막연한 말에 균현이 조금 어두운 표정을 지었다.

"그래. 나는 해가 지는 쪽으로 계속 왔으니까 자네들은 해가 뜨는 쪽으로 곧장 가면 될 거야."

과연 독고풍다운 생각이다. 균현은 더 물어봐야 기대할 만한 설명이 나오지 않을 것이라 생각했다.

그런데 생각하고 있던 독고풍이 덧붙였다.

"출발해서 풍랑을 만나면 팔 일쯤 걸릴 것이고, 아니면 칠 일쯤 걸릴 거야."

그때 요몽이 퍼뜩 생각나는 것이 있어 물었다.

"자넨 오악도를 출발해서 장풍으로 바다 수면을 때렸나, 아니면 그냥 돛을 펼치고 바람에만 의지했나?"

요몽이 독고풍을 '자네'라고 부르자 균현은 안색이 급변하여 미쳤느냐는 듯한 표정으로 날카롭게 요몽을 쏘아보았다.

그런 것에 어느 정도 이력이 난 요몽은 모른 체하고 독고풍의 대답을 기다렸다.

"나는 출발하자마자 깨어 있는 동안에는 쉬지 않고 장풍을 갈겨댔지."

요몽은 거리를 계산하는 듯 생각에 잠겼다.

"아! 장모! 오악도가 어떻게 생겼는지 얘기해 줄게."

그러고 나서 그는 덧붙였다.

"독구 때문에 오악도에서는 심한 독취(毒臭)가 날 거야."

오악도의 만독절곡에 살고 있는 독구, 즉 만독신군은 수천 가지 극독 속에 파묻혀 있기 때문에 일 년 열두 달 독무와 독연이 멈출 날이 없다.

그곳에서 발생한 독무와 독연, 독취는 바람을 타고 아주 멀리까지 날아갈 것이다.

균현과 요몽은 그 사실이 오악도를 찾는 데 중요한 단서가 될 것이라고 추측했다.

또한 균현은 방금 독고풍이 요몽을 '장모'라고 호칭한 것을 듣고 어떻게 된 사연인지 대충 짐작할 수 있었다.

균현이 공손히 물었다.

"사대종사를 모셔오고 나서 만약 주군께서 대천신등으로 출발하셨다면 어떻게 합니까?"

독고풍은 고개를 가로저었다.

"아직은 잘 모르겠어. 생각나면 상아에게 말해둘 테니까 그녀에게 듣도록 해. 지금은 그냥 네 마물이 필요하다는 생각만 했으니까."

"그럼 속하들은……."

독고풍이 어이없다는 표정을 지었다.

"자네 둘은 네 마물을 감시해야지. 그것들이 무슨 사고라도 치면 어떻게 해?"

"알겠습니다."

대답을 하는 두 사람은 착잡했다. 당금 무림 사독요마의 최고 배분인 사대종사를 마치 말썽장이 천덕꾸러기 취급하는 것 때문이고, 또한 독고풍을 모시고 대천신등을 치러 가지 못하는 것 때문이었다.

"참! 오악도에 도착하면 혈검더러 동굴 속의 시커먼 바위를 좀 많이 뜯어오라고 해."

독고풍이 문득 생각난 듯이 말하자 균현은 의아한 표정으로 물었다.

"시커먼 바위라니, 그게 무엇입니까?"

독고풍은 자신의 어깨에 메고 있는 석검을 손으로 툭툭 쳐 보였다.

"혈검이 이 석검을 만들어준 시커먼 바위가 오악도에 많이 있거든."

"아······."

철경암으로 만든 독고풍의 석검은 쇠를 무처럼 자르는 신병이기다. 그런 검을 여러 자루 만들어 측근에게 나누어 준다면 큰 위력을 발휘할 것이다.

*　　*　　*

낙양에서 이백여 리 남짓 떨어진 개봉성 내의 상국사(相國寺) 근처에 있는 용정(龍亭)이라는 주루가 독고풍이 녹천신왕과 만나기로 한 장소다.

약속 시간은 유시(酉時:저녁 6시)지만 독고풍은 반 시진 정도 일찍 와서 혼자 술잔을 기울이고 있었다.

개봉성 바깥에는 성곽을 빙 둘러 수심이 깊고 폭이 넓은 해자(垓字:방어용 수로)가 흐르고 있다.

성안에 있는 여러 마을 전체도 바깥쪽으로 해자와 여러 개의 아담한 호수가 동문(東門)인 평등문(平等門) 방향을 제외하고는 빙 둘러 연결되어 있었다.

그래서 독고풍이 술을 마시고 있는 주루 용정 바로 옆에도 성민들이 소정호(素情湖)라고 부르는 자그마한 호수가 있어서 경치가 매우 좋았다.

그는 호숫가에 휘늘어진 수양버들이나 뛰어노는 아이들을 굽어보면서 반 시진 동안 벌써 술을 세 병이나 마셨다.

녹천신왕이 보낸 서찰에는 독고풍과 단둘이 만나는 것을 조건으로 했다.

만약 독고풍 외에 수하가 한 명이라도 주위에 보인다면 약속이 파기될 것이라고 엄포를 놓았었다.

그래서 독고풍은 수하를 아무도 데리고 오지 않았다. 녹천신왕이 무슨 흉계를 꾸미더라도 당하지 않을 자신이 있으며, 그와 반드시 만나야 하기 때문이다.

독고풍이 있는 주루 이층에는 꽤 널찍하고 위로 걷어 올릴 수 있는 창들이 활짝 열려 있었으며, 독고풍까지 세 탁자에 손님들이 앉아 있었다.

그때 한 명의 청년이 이층으로 올라왔다. 백의 경장에 흰색 문사건을 이마에 둘렀으며 물소 가죽으로 만든 고급 신발을 신은 산뜻한 모습이다.

이십여 세의 나이에 후리후리한 키와 약간 가냘픈 듯한 체구, 갸름하고 흰 얼굴에 서글서글한 눈빛을 지닌 준수한 미남 청년이었다.

그는 이층 실내를 둘러보다가 창가에 앉아 창밖을 물끄러미 굽어보고 있는 독고풍을 발견하고는 망설임없이 그쪽으로 걸어갔다.

백의청년은 독고풍 앞에 멈췄으나 그는 창밖을 보느라 여념이 없었다.

그래서 백의청년은 창밖으로 시선을 던졌다. 독고풍은 두 명의 오륙 세쯤 되어 보이는 사내아이가 호숫가에서 뛰노는 광경에 정신이 팔려 있었다.

두 아이는 쫓기고 쫓다가 잡히면 서로 한 몸이 되어 뒹굴면서 씨름을 하다가, 다시 한 아이가 발딱 일어나 도망치면 다른 아이가 부지런히 쫓아가기를 반복하고 있었다.

백의청년이 아이들에게서 시선을 거두어 독고풍을 쳐다보니 그는 입가에 빙그레 미소를 머금고 있었다.

일견하기에도 티없이 맑은 순진무구한 미소라서 백의청년은 한동안 감상하듯 그를 주시했다.

이윽고 백의청년이 입을 열었다.

"귀하가 혈풍신옥?"

가을에 초원에서 불어오는 미풍처럼 싱그러운 목소리였다.

그제야 독고풍은 천천히 고개를 돌려 탁자 맞은편에 서 있는 백의청년을 쳐다보았다.

그는 백의청년을 보면서 가볍게 고개를 끄덕였다.

"그래, 자넨 녹천신왕인가?"

과연 그답게 다짜고짜 하대로 나갔다.

백의청년은 독고풍의 하대에는 별로 개의치 않고 고개를 끄덕이고 나서 권하지도 않는데 독고풍의 맞은편에 앉았다.

독고풍은 관상 같은 것을 볼 줄 모르나 백의청년, 아니, 녹천신왕을 한 번 보고 마음에 들었다.

녹채박림이 무림 축에는 끼지 못하지만 결코 호락호락한 세계가 아니다.

그들이 천하 곳곳에서 온갖 말썽을 일으키고 약탈과 방화 따위를 일삼아도 관군이나 무림이 제대로 응징하지 못하는 데에는 그럴 만한 이유가 있다.

천하 녹채박림을 이루고 있는 장강수로채(長江水路寨)나 황하십팔채(黃河十八寨), 동정육림(洞庭六林), 팔황채구주박(八

荒寨九州泊)의 세력이 너무 거대해서 어디에서부터 손을 써야 할지 모르기 때문이다.

지금까지 아무도 그들이 얼마나 많은지 수를 세어본 적이 없다.

다만 막연하게나마 수십만은 될 것이라고 어림짐작을 하고 있을 따름이다.

그처럼 거대한 천하 녹채박림을 사상 최초로 일통한 인물이 일개 백면서생 같은 풍모의 이십 세 전후 청년이었다니 실로 놀라운 일이다.

그렇지만 독고풍은 전혀 놀라지 않았다. 그 역시 녹천신왕보다 어린 나이에 천하 사독요마의 절대자라는 자리에 앉아 있지 않은가.

녹천신왕도 독고풍을 직접 면전에서 대하고도 그다지 놀라는 기색이 아니었다. 아마 그도 독고풍과 같은 생각을 하고 있는 듯했다.

녹채박림은 실로 거대하지만 무림에 몸을 담고 있는 사람이라면, 일개 삼류무사라고 해도 녹채박림을 안중에도 두지 않는다. 단지 그들이 하찮은 도둑 무리인 녹채박림이라는 이유 때문이다.

그러나 독고풍은 사독요마의 절대자라는 위치에 있으면서도 녹채박림의 연합체인 녹천대련과 녹천신왕을 가볍게 여기지 않는다.

그들이 무한한 잠재력과 야망을 지니고 있다는 사실을 얼마 전에 간파했기 때문이다.

독고풍은 녹천신왕에게 술을 따라 잔을 내밀었다.

"한잔하게."

상대의 의견 같은 것은 묻지 않고 내가 마시니까 너도 마시라는 독고풍만의 방식이다.

녹천신왕이 순순히 술잔을 받자 독고풍은 기분이 좋아졌다. 아니, 좋아지려다가 나빠졌다. 녹천신왕이 받은 잔을 다시 내려놓았기 때문이다.

그리고는 잔잔한 목소리로 말했다.

"나는 타인하고는 술을 마시지 않는다."

그렇게 말하면서 입가에 부드러운 미소를 떠올렸다. 예의를 무례로 답하면서도 미소를 짓다니, 하지만 그 모습은 영락없이 무공이라고는 모르는 순수한 청년의 그것이었다.

거리에서 왈짜패들에게 봉변을 당한다든지, 불의를 보면 앞장서서 도망치는 그런 힘없는 백면서생 말이다.

더구나 말투는 부드럽고 목소리는 나직하며 행동은 느리고도 잔잔해서 누가 보더라도 글이나 읽는 서당의 백면서생이 분명했다.

그렇지만 그가 한 말의 내용은 강렬했다. 더구나 사독요마의 절대자인 혈풍신옥의 예의를 거절하면서 한 말이라는 점에서 더욱 그러했다.

그는 스스로 혈풍신옥과 동등하거나 그보다 우위에 있다고 생각하는 것이 분명했다.

"훗! 혼자 마시라는 것인가? 술을 마시지 않는 사람과 함께 있는 것은 지루해."

"나는 술을 좋아한다."

"그럼 마시자고."

"같은 말을 반복하게 만드는가?"

타인하고는 술을 마시지 않는다는 말을 다시 하기 싫다는 뜻이다.

독고풍이 됐다는 듯 손을 젓고 나서 혼자 술을 마시자 녹천신왕은 두 손을 깍지를 껴서 탁자 위에 가지런히 올려놓으며 물었다.

"나를 보자고 한 용건이 뭐지?"

그는 곧장 본론으로 들어갔다.

말장난이나 에둘러서 말하는 것을 싫어하는 독고풍은 단도직입적으로 말했다.

"자네의 야망은 녹천대련이 무림의 한 축계가 되는 것인가, 아니면 그것보다 더 큰가?"

녹천신왕이 녹천대련을 이룩하면서 가장 공을 들인 것이 정보를 수집하는 조직을 만드는 것이었다.

녹채박림에 속한 자들은 천하 곳곳에 마치 가느다란 실핏줄처럼 퍼져 있다.

그 방대함은 개방을 능가하는 것이다. 더구나 녹천대련은 천하의 하오문까지도 녹채박림으로 인정하여 거두어들였으므로 방대함은 물론이고 침투력과 정확함에서도 타의 추종을 불허한다.

녹천신왕은 자신이 심혈을 기울여서 조직한 정보 조직을 구주라본(九州羅本)이라고 직접 이름을 짓고, 적어도 하루에 한 번 이상 보고를 듣는다.

구주라본의 보고는 천하와 무림을 총망라하는 것이지만 녹천신왕은 특히 무적방주인 혈풍신옥에 대한 정보에 깊은 관심을 기울였다.

그러므로 그는 혈풍신옥의 측근을 제외하고는 자신이 그에 대해서 가장 많이, 그리고 잘 알고 있을 것이라고 장담한다.

녹천신왕은 깊은 눈으로 독고풍의 눈을 응시했다.

"귀하와 같다."

독고풍의 야망은 천하 제패다. 만약 녹천신왕이 독고풍의 야망이 무엇인지 알고 있다면 그 역시 천하 제패의 야망을 품고 있다는 뜻이다.

그러나 그것이 아니라면 도대체 녹천신왕은 독고풍의 야망을 무엇이라고 알고 있다는 말인가?

규칙적으로 술을 마시던 독고풍의 동작이 뚝 멈추었다. 그의 행동을 이런 식으로 끊을 자는 그리 많지 않다. 아니, 거의 없다고 하는 편이 옳다.

피식!

그러다가 독고풍이 눈을 슬쩍 내리깔면서 실소를 흘렸다.

'이 녀석은 지금 나하고 기 싸움을 하자는 것이로군?'

골치 아픈 심리전에 대해서는 모르지만, 상대의 표정과 눈빛, 말투 따위를 직접 대하면 심중을 꿰뚫어 볼 수 있는 독고풍이다.

그러나 독고풍은 기 싸움 따위에는 흥미가 없다. 그의 목적은 오직 대천신등을 치러 가는 연합 세력에 녹천대련을 참가시키는 것뿐이다.

지금은 그것에 전념해야만 한다. 그다음의 일은 대천신등을 괴멸시킨 후에 생각하면 된다.

그러므로 기 싸움 정도는 져줘도 상관이 없다는 생각이다. 이득이 없는 호승심 따윈 쓸데없는 것이다.

그렇지만 어떻게 해야 기 싸움에서 져주는 것인지 모른다. 그래본 적이 없으니까 당연한 일이다.

'눈싸움으로 하자는 것인가?'

그는 녹천신왕이 자신을 뚫어지게 주시하고 있는 것을 보고 아마 그럴 것이라고 생각했다.

그래서 그도 눈을 약간 좁히면서 상대의 눈을 날카롭게 쏘아보았다.

일부러 져주는 것인데 이왕이면 좀 더 실감나게 할 필요가 있다는 생각이 들었다.

그때부터 두 사람은 한동안 아무 말도 없이 상대의 눈만 쏘아보기 시작했다.

"이놈! 뭘 하자는 거야? 눈도 깜빡이지 않은 채 뚫어지게 쏘아보기만 하고.'

녹천신왕은 독고풍의 이상한 행동에 속으로 약간 역정을 내면서 말하다가 무엇인가를 깨달았다.

'설마… 눈싸움을 하자는 것인가? 천하의 혈풍신옥이 나 녹천신왕을 상대로?'

아주 짧은 시간, 녹천신왕의 머릿속에 수많은 생각이 피어났다가 사라졌다.

그 뒤를 이어서 그가 알고 있는 혈풍신옥에 대한 모든 지식이 떠올랐다.

그러면서 상대가 느닷없이 왜 이런 상황을 만들고 있는 것인지를 분석했다.

답은 금세 나왔다. 정보 분석에 의하면, 혈풍신옥은 괴팍하기 짝이 없는 성격이며 독선적이다.

게다가 무엇보다도 중요한 것은 장난기가 타의 추종을 불허한다는 사실이다.

'후후, 첫 만남에 나와 눈싸움을 하여 기를 꺾겠다는 것이로군? 좋아, 그렇다면 어디…….'

녹천신왕은 눈에 힘을 주고 여태까지보다 더욱 날카롭게

독고풍을 쏘아보았다.
 독고풍은 눈도 깜빡이지 않고 녹천신왕의 눈에서 시선을 떼지 않은 채 술잔을 들어 마셨다.
 "대천신등의 십사광세가 자네를 암살하려 한다는 내 경고 서찰을 받았겠지?"
 녹천신왕도 독고풍에게서 시선을 떼지 않은 상태에서 고개를 끄덕였다.
 "왜 그런 서찰을 보냈지?"
 "자네가 죽으면 곤란하니까."
 독고풍이 상체를 앞으로 약간 숙이면서 말하자 술 냄새가 확 풍겼다.
 "어째서?"
 누구에게도 지지 않을 만큼 술을 좋아하는 녹천신왕은 피하지 않고 계속 물었다.
 "대천신등을 함께 치러 갈 동료를 잃어서야 곤란하지."
 "대천신등을 함께 치러 갈 동료? 내가?"
 독고풍은 빙그레 미소 지으면서 고개를 끄덕였다.
 "그래."
 녹천신왕은 어이없다는 표정을 지었다.
 "누가 함께 간다고 하던가?"
 "자네가."
 "내가 언제?"

녹천신왕은 내색을 하지 않으려고 애썼으나 조금 발끈하며 결기를 내는 것을 독고풍에게 들켰다.

수양이 깊은 노승이나 노도사, 그리고 정파 명문가의 협객들이라고 해도 어떤 상황에서는 감정을 제대로 추스르지 못하는데, 비록 녹천신왕이라고는 하지만 수양하고는 거리가 먼 녹림인인 그가, 더구나 아직 혈기 방장한 청년이 감정을 감춘다는 것은 쉬운 일이 아니다.

사독요마나 녹채박림의 인물들은 굳이 감정을 감추는 수련을 받아야 할 필요도 이유도 없다고 생각한다.

독고풍은 녹천신왕이 순진한 구석이 있다는 것을 감지하고 속으로 회심의 미소를 지었다.

"자넨 잠시 후에 아마 나하고 함께 서장에 가겠다고 말하게 될 거야."

"절대 안 해."

녹천신왕의 목소리가 조금 커졌다. 하지만 본인은 느끼지 못하고 있었다.

"하게 될걸?"

독고풍은 느물느물 웃었다. 그것이 또다시 녹천신왕의 부아를 돋우었다.

"열흘 삶은 호박에 이도 안 들어갈 소리!"

"어어, 열흘 동안이나 삶은 호박을 먹으려다가는 뜨거워서 이빨 다 빠져!"

"이……."

"이제 말하겠네."

녹천신왕은 눈에 잔뜩 힘을 주고 독고풍을 노려보았다. 이들 두 사람의 행동은 두 방면의 절대자라기보다는 젊은 청년들의 지기 싫어하는 말싸움 같았다.

"자네 나하고 대천신등을 치러 갈 텐가?"

"안 가!"

"가지 그러나?"

독고풍은 히죽거리며 고개를 앞으로 내밀었다.

녹천신왕은 상체를 뒤로 빼면서 뾰족하게 외쳤다.

"죽어도 안 가!"

순간 독고풍이 손가락을 뻗어 녹천신왕의 눈을 찌를 듯이 가리키며 환하게 웃었다.

"깜빡였다."

'아차.'

"헤헤! 졌지?"

녹천신왕이 분하다는 표정을 지었다.

"그럼 순전히 내 눈을 깜빡이게 하려고 속을 긁은 건가?"

"아무렴."

"순……."

"순 뭐?"

녹천신왕의 얼굴이 벌겋게 달아올랐다. 그는 벙글거리는

독고풍을 한참 쏘아보더니 자신의 행동을 스스로 생각해도 철딱서니없다고 여겼는지 픽! 하고 웃었다.
그러다가 두 사람의 눈이 마주쳤다.
순간 두 사람은 갑자기 상체를 뒤로 젖히면서 파안대소를 터뜨렸다.
"핫핫핫핫핫!"
"푸핫핫핫핫!"
공력은 실리지 않았지만 너무 큰 소리로 웃는 바람에 주루의 사람들이 안색이 창백해져서 두 손으로 귀를 막으며 고통스러운 표정을 지었다.
남들이 쓰러지거나 말거나 한동안 실컷 웃고 난 독고풍과 녹천신왕은 빙그레 미소 띤 얼굴로 서로를 마주 보았다.
잠시 후 두 사람이 웃음을 멈추자 주루의 사람들은 비틀거리면서 일어나서 일제히 도망치듯이 아래층으로 달려 내려가 버렸다.
독고풍과 녹천신왕은 어색함이 사라진 얼굴로 서로를 주시했다.
그러다가 녹천신왕이 불쑥 말했다.
"나는 무옥(武玉)이다."
독고풍도 자신의 이름을 밝혔다.
"나는 독고풍."
녹천신왕 무옥은 고개를 끄덕였다.

"풍. 바람이라……. 자네에게 딱 어울리는 이름이로군."

무옥이 이름 풀이를 했으니 독고풍도 답을 해야겠다고 생각했다. 다행히도 '무' 자와 '옥' 자는 그가 배운 글이다.

그는 턱을 쓰다듬으면서 고개를 약간 모로 꼬았다.

"흠! 무는 사내 이름인데 옥은 계집애 이름이로군. 어쨌거나 무옥은 너의 곱상한 외모에 어울리는군."

그러자 무옥은 약간 발끈했다.

"이름 갖고 농담하지 마라."

그 정도에 그칠 독고풍이 아니다.

"이름만 그런 줄 알았더니 역시 계집애처럼 삐치기도 잘하는군."

"너!"

방금까지 자네라고 하던 무옥이 파르르 떨면서 주먹을 움켜쥐고 앞으로 내밀었다.

독고풍은 무옥의 희고 예쁜 주먹을 슬슬 쓰다듬다가 자신의 뺨에 문지르며 눈을 감았다.

"게다가 주먹까지 예쁘군. 흠."

딱!

순간 무옥의 주먹이 독고풍의 머리를 거세게 갈겼다.

"윽!"

그러나 비명은 오히려 무옥이 터뜨렸다. 그는 주먹을 감싸쥐고 오만상을 찌푸리며 독고풍을 쏘아보았다.

"으으… 너… 머리가 쇳덩이냐?"

그는 방금 공력을 전혀 사용하지 않고 주먹으로 독고풍의 머리를 때렸다.

주먹으로 때려서 독고풍의 머리를 박살 내버릴 상황이 아니기 때문이다.

공력을 사용하지 않고 휘두른 주먹은 보통의 위력이고 단단한 것을 때렸을 때의 고통은 보통 사람과 동일하다.

독고풍은 맞은 이마 부위를 문지르며 히죽 웃었다.

"이렇게 잘생긴 쇳덩이 봤냐?"

"자기 입으로 자신이 잘생겼다고 말하는 것이 부끄럽지도 않느냐?"

"넌 그런 적 없어?"

"있어."

"부끄러웠어?"

"아니."

"그렇게 말하고서도 부끄럽지 않은 이유를 아냐?"

"몰라. 넌?"

"우리 둘은 정말 잘생겼으니까."

"킥!"

계속 대화가 이어지다가 무옥이 웃음을 참으려고 얼굴이 빨갛게 변하며 헛바람 소리를 냈다.

"나 잘생긴 것은 알겠는데, 너 잘생겼다고 누가 그래?"

무옥은 뻔뻔스러움으로는 독고풍의 호적수인 듯했다.
독고풍은 태연하게 대꾸했다.
"내 마누라들이."
"마누라들? 대체 부인이 몇 명인데?"
독고풍은 손가락을 하나씩 꼽고 나서 대답했다.
"넷."
"허어."
무옥은 말을 잇지 못하다가 한참 만에 신기하다는 표정으로 물었다.

사실 무옥은 혈풍신옥에게 천하제일미 천상옥봉과 무림제일미 적멸가인, 두 명의 부인이 있다는 보고를 들었을 때 기가 막힌다는 생각이 들었었다.

평범한 여자도 아니고 천하제일미와 무림제일미를 싹쓸이해서 부인으로 삼았으니, 그런 일은 무림사에 예전에도 없고 앞으로도 없을 일이기 때문이다.

그런데 부인이 두 명이 더 있다니, 무옥은 총련으로 돌아가면 휘하의 정보 조직인 구주라본의 우두머리를 족쳐야겠다고 생각했다.

무옥은 충격이 덜 가신 표정으로 떨떠름하게 물었다.
"풍 너, 몇 살인데?"
"열여덟쯤 됐을걸."
"열여덟에 부인이 네 명이라니… 지독한 호색한이로군?"

독고풍은 씩씩하게 고개를 끄덕였다.
"내 마누라들도 그렇게 말하더라."
"네 부인들도? 푸핫핫핫!"
무옥은 고개를 젖히고 목젖이 보이도록 유쾌한 웃음을 터뜨렸다.
웃으면서 그는 이렇게 속이 후련하도록 웃어본 것이 도대체 얼마만인가 하고 생각했다.
독고풍은 무옥이 웃기를 마치자 궁금한 듯 물었다.
"옥, 넌 장가갔느냐?"
"아니."
"몇 살인데?"
"스물."
독고풍은 놀라는 표정을 지었다.
"그 나이 먹도록 혼인을 하지 않았다니 안타깝다."
무옥은 독고풍이 정말 안타깝다는 표정을 짓자 어이없다는 듯 물었다.
"혼인이 그렇게 중요해?"
"물론이지."
"어째서?"
독고풍은 눈을 빛내며 대답했다.
"혼인을 하면 그 짓을 아무 때나 할 수 있잖아."
무옥은 의아한 표정을 지었다.

"그 짓이라니? 그게 뭔데?"

두 사람은 마치 십년지기처럼 허물없이 서로를 대하고 있었지만, 정작 자신들은 그 사실을 깨닫지 못했다.

독고풍이 음흉한 표정을 지었다.

"흐흐흐… 그거 무지 좋은 건데 너 정말 몰라서 묻는 거야?"

무옥은 독고풍의 웃음이 몹시 거슬렸다. 마치 자신의 치부가 벗겨지는 듯한 느낌이 들었기 때문이다.

"모, 몰라."

"이리 가까이 와봐."

독고풍이 손을 뻗어 무옥의 팔을 잡고 자신의 옆자리로 이끌고는 몸을 바짝 밀착시키면서 마치 비밀스러운 일을 그에게만 알려주는 것처럼 속삭였다.

"흐흐… 남자하고 여자가 옷을 홀라당 벗고 서로 상대의 몸을 구석구석까지 만지면서 뒹굴다가 남자의 거시기를 여자의 거시기에 넣는 거야."

무옥은 몸서리를 부르르 쳤다. 독고풍이 손으로 그의 몸을 슬슬 더듬으면서 입술을 귀에 바짝 붙인 채 속삭였기 때문이다.

그러나 무옥을 더 당혹스럽게 만든 것은 독고풍이 말한 내용이었다.

"거…시기가 뭐야?"

소름이 오싹 끼치면서도 무옥이 물었다.

"흐흐… 남자 거시기는 이것."

쫘악!

"악!"

독고풍이 음탕하게 웃으면서 손을 뻗어 무옥의 사타구니를 움켜잡자 무옥은 자지러질 듯이 놀라 독고풍을 밀치고 벌떡 일어났다.

독고풍은 얼굴이 새빨개져서 어깨를 들썩거리고 있는 무옥을 가리키면서 감탄했다.

"오오! 너, 거시기가 무지 큰데? 여자들이 좋아하겠어!"

"너… 너… 너……."

무옥은 너만 연발했다. 그는 지금 화가 났는지 부끄럽거나 수치스러운 것인지 자신의 감정 상태를 명확하게 구분할 수가 없었다.

그저 격한 감정이 한꺼번에 머리로 몰려들어 호흡이 거칠어지고 머리가 어지러울 뿐이다.

"옥아, 내가 여자 소개시켜 줄까?"

독고풍은 자신의 자리에 앉는 무옥을 보면서 마치 뚜쟁이 같은 은근한 표정으로 말했다.

무옥은 싸늘하게 독고풍을 쏘아보기만 할 뿐 대답을 하지 않았다.

그는 자신이 단정하고 주관이 뚜렷하며 학식이 풍부할 뿐 아니라 강직한 일면도 있다고 스스로 생각하기 때문에 어떤 상황에 직면하더라도 능히 헤쳐 나갈 수 있다고 자부하고 있었는데, 어떻게 된 일인지 지금은 도무지 정신을 차릴 수가 없었다.

그가 잠시 동안 겪어본 독고풍은 첫째, 무식하고, 둘째, 노골적이고, 셋째, 음탕하다.

세 가지 전부 무옥하고는 눈곱만큼도 어울리지 않는 작자가 분명하다.

그러나 마지막 네 번째 때문에 무옥은 자리를 털고 일어나지 못하고 있다.

넷째, 뭔지 모르게 친근감이 느껴진다. 사람을 당혹하게, 무안하게 만들기도 하지만 편안하게도 만든다. 그것이 무옥이 독고풍에게서 발견한 유일한 장점이었다.

그때 독고풍이 잔을 내밀었다.

"이제 술 마실래?"

그래, 이럴 때 술이 필요한 것이다.

무옥이 손을 내밀어 술잔을 받는데 독고풍이 토를 달았다.

"공력으로 취기 몰아내기 없는 거다?"

술이라면 자신있는 무옥이다. 그는 은근히 오기가 생겼다.

"공력으로 취기를 몰아내는 사람이 아우가 되는 거야."

"오호! 좋은 생각이야, 옥 아우."

무옥은 회심의 미소를 지으면서 독고풍의 빈 잔에 술을 철철 따랐다.
 "후후, 밤은 기니까 천천히 마시게, 풍 아우."

第百章
처녀 사냥

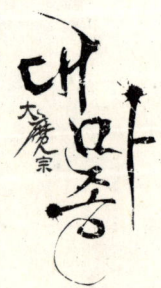

독고풍과 무옥은 마지막 술잔을 내려놓을 때까지도 끝내 형, 아우를 가리지 못했다.

두 사람은 막상막하, 우열을 가리지 못할 정도로 술이 강했다. 마지막이 가까워질 무렵에는 '조금만 더 마시면 나가떨어지겠지'라는 생각을 두 사람 다 하고 있어서 무리를 하는 바람에 자신의 주량을 훌쩍 넘겨 버렸다.

더구나 독고풍은 무옥을 자신의 편으로 끌어들이는 데 실패하고 말았다.

술을 마실수록 무옥은 사내다워졌지만 계산 또한 치밀했다. 그의 계산으로는 대천신등을 치러 가는 중원 연합 세력에 녹천대련이 가담하여 득이 될 것이 눈곱만큼도 없었다.

또한 그는 솔직한 일면을 보이기도 했는데, 만약 무적방과 정협맹, 대동협맹의 정예 세력이 서장으로 출발하고 나면 녹천대련이 텅 빈 중원무림을 장악하게 될 것이라고 호언장담했다.

그러면서 호랑이들이 없는 산에 여우가 왕 노릇을 하는 것이라며 키득거렸다.

무옥은 독고풍을 도와 대천신등을 공격하기는커녕 적이 될 것이라고 선언한 것이다.

정말 그렇게 된다면 독고풍은 마음 놓고 서장으로 떠날 수 없게 된다.

결과적으로 독고풍은 혹을 떼려다가 더 큰 혹을 붙이고 말았다.

그렇지만 술이 만취되어 고주망태가 된 상태라서 아무 걱정도 하지 않았다.

그런 본론적인 대화를 빼고는 두 사람은 아주 절친한 친구 사이가 되었다.

그래서 아예 주루 삼층에 객방을 얻어놓고 본격적으로 마셔댔다.

유시(저녁 6시) 조금 지나서 시작된 술자리는 임시(壬時:밤 11시)가 돼서야 끝났다.

그냥 끝난 것이 아니라 둘 다 뻗어버렸기 때문이다.

독고풍도 무옥도 태어나서 이렇게 많은 술을 마셔보기는 처음이었다.

막판에 두 사람은 홀딱 벗은 채 불알을 흔들어대면서 기고만장하여 떠들어대다가 한 덩이가 되어 침상에 쓰러져서 잠이 들었다.

인시(寅時:새벽 4시).

"으으… 골이 깨질 것 같다."

독고풍은 머릿속이 온통 조각나는 듯한 극심한 통증을 느끼면서 설핏 잠이 깼다.

공력을 사용해서 취기를 몰아내지 않았으므로 숙취의 고통은 평범한 사람이 느끼는 것이나 다를 바가 없다.

그러나 그는 이 숙취마저도 좋아한다. 애써 마신 술이 선사하는 마지막 흐뭇함이므로 일부러 공력으로 몰아내는 것은 아까운 일이다.

더구나 그의 머리와 몸은 해독되지 않은 술기운 때문에 아직 취중이다.

'좋구나.'

그는 머리가 깨질 듯한 고통을 즐거움으로 바꾸면서 두 팔을 양쪽으로 활짝 벌리며 똑바로 누웠다.

툭!

그때 그의 팔에 무엇인가 닿았다. 약간 싸늘하면서도 탄력

있는 느낌이다.
 그는 눈을 감은 채 팔을 약간 움츠려 손으로 그 물체를 만져 보았다.
 매끈하고 보드라웠다. 그는 그것이 함께 침상에 쓰러져서 잠이 든 무옥의 맨살이라고 생각했다. 하긴, 이곳에 무옥 말고 다른 사람이 있을 리가 없다. 사내 녀석 살결이 여자보다 더 부드럽다는 생각이 들었다.
 문득 곯아떨어지기 반 시진쯤 전에 둘이 홀딱 벗고 난리굿을 벌였던 일이 생각나 독고풍은 히죽 웃으며 무옥 쪽으로 돌아누워 팔을 아래로 뻗었다.
 취중에도 장난기가 발동한 것이다. 그의 장난기는 심심해서 하는 것이 아니라 필연적이다.
 사람이 숨을 쉬지 않으면 죽는 것처럼 그는 장난을 치지 않으면 답답해서 죽을 지경에 이른다.
 장난을 치지 않으니 차라리 무덤 속에 들어가서 누워 있는 편이 나을 것이라고 생각하는 그다.
 그는 어제 슬쩍 만져 본 무옥의 음경이 무척 묵직했기 때문에 그것을 다시 움켜잡아서 그를 소스라치게 놀라게 할 생각을 했다.
 힘을 주어 꽉 움켜잡으면 자지러질 듯이 비명을 지르면서 펄쩍펄쩍 날뛰겠지. 그런 생각을 하고 속으로 키득거리면서 독고풍은 무옥의 사타구니라고 생각되는 부위를 힘껏 움켜잡았다.

"······?!"

 그런데 기대하고 있던 물컹하면서도 묵직한 물건이 만져지지 않았다.

 그 대신 무척이나 손에 익은 그 무엇이 촉촉하게 만져졌다.

 '이것은?'

 무성한 털 속에 물기를 흠뻑 머금은 채 감춰져 있는 것은 틀림없이 여자의 음부였다.

 독고풍은 여자의 음부에 손을 댄 채 기억을 더듬어보았다. 아직도 엉망으로 취한 상태지만 어젯밤에 만난 무옥이 남자였던 것은 분명했다.

 그가 직접 무옥의 음경을 만져 봤으며 크다고 놀리기도 하지 않았는가.

 '이건 누구야?'

 독고풍은 눈을 뜨면서 상체를 일으켜 자신이 음부를 만지고 있는 사람을 쳐다보았다.

 거기에는 한 여자가 두 팔과 다리를 활짝 벌린 채 깊은 잠에 빠져 있었다.

 "누구···지?"

 독고풍은 게슴츠레한 눈으로 여자를 자세히 보려고 했으나 너무도 취해서 눈앞이 아른거렸다.

 함께 술을 마시다가 같이 침상에 쓰러져서 자던 무옥이 어디론가 사라지고 그 대신 생면부지의 여자가 자고 있는데도 그는 별로 이상하게 생각하지 않았다. 너무 취해서 그럴 정신이 없는 것이다.

하지만 취했어도 한 가지 기능만은 생생하게 살아 있었다. 바로 욕정이라는 괴물이다.

독고풍은 힐끗 자신의 음경을 내려다보았다. 커다랗게 단단해진 놈이 하늘을 찌를 듯이 솟은 채 어떻게 좀 해달라는 듯 꺼떡거렸다.

그러고 보니까 독고풍의 손은 여전히 여자의 음부에 닿아 있었고, 어느새 습관적으로 손가락을 움직이고 있었다.

'헤헤… 무옥 녀석이 여자를 데려다 놓고 가버린 모양이구나. 기특한 놈.'

독고풍은 속으로 중얼거리며 자신의 몸을 여자의 몸 위로 실으며 그녀의 다리를 활짝 벌려 들어 올렸다.

'이거 잘 안 되는군. 끙끙!'

그러나 그는 제대로 삽입하지 못해서 애를 먹다가 취중에도 퍼뜩 어떤 생각이 떠올랐다.

'이 여자… 처년가?'

그의 아내들, 은예상과 적멸가인, 그리고 자미룡까지 처음에 정사를 할 때에는 음부가 몹시 협소해서 음경을 삽입하는 데 애를 먹었던 기억이 난 것이다.

'그… 그렇다면 순음지기다!'

엉망으로 취한 중에도 그는 삼 할밖에 녹이지 못한 뱃속의 내단을 생각해 냈다. 그만큼 내단을 녹이는 일이 그에게는 무엇보다도 중요하다는 뜻이었다.
　끓어오르는 욕정에다가 내단을 녹일 욕심까지 더해지자 그에게 이 정사는 결코 물러날 수 없는 한판의 승부, 아니, 몹시 중요한 일이 돼버렸다.
　그는 기를 쓰고 버둥거렸다. 그것은 바늘구멍에 팔뚝을 집어넣는 것처럼 어려웠다.
　그러나 인체는 참으로 오묘해서 팔뚝이 바늘구멍으로 들어가는 신기한 일도 열심히 노력하면 얼마든지 가능하다. 독고풍은 마침내 삽입에 성공했다.
　그러나 처녀막이 파열되고 질구가 찢어지는 듯한 극심한 고통을 느꼈을 텐데도 여자는 깨어나지 않았다.
　기실 그녀는 엉망으로 취한 상태였으나 독고풍은 알아차리지 못했다.
　원래 취한 사람은 다른 사람이 내뿜는 술 냄새를 맡지 못하는 법이기 때문이다.
　삽입에 성공한 독고풍은 본능적으로 허리를 움직이면서 중요한 절차를 잊어버려 고개를 갸우뚱했다.
　'그다음에는 어떻게 하더라?'
　공력으로 취기를 몰아내면 될 텐데, 너무 취한 상태라서 그마저도 생각을 못하고 있다.

'에… 또… 그러니까… 내가 지금 무얼 하고 있는 중이었지?'

그는 본능적으로 허리를 계속 움직이면서 풀린 눈으로 여자를 물끄러미 굽어보았다.

'모르는 여자야. 그런데 무지하게 예쁘다. 게다가……'

그의 시선이 여자의 얼굴에서 아래로 흘렀다. 탱탱하면서도 커다란 젖가슴이 그곳에 있었다.

"흐으……"

그의 입에서 침이 뚝뚝 떨어졌다. 순간 그는 여자에게 쓰러져 부둥켜안고는 격렬하게 몸을 움직이기 시작했다.

여자의 몸은 몹시 차가웠다. 또한 그녀의 음부 속은 마치 얼음 동굴 같았다.

그런데도 독고풍은 느끼지 못했다. 지금의 그는 단지 욕정에 굶주린 한 마리 발정 난 수캐일 뿐이다.

하지만 그것은 그리 오래가지 못했다. 어느 순간 그는 몸이 이상해지고 있는 것을 느꼈다.

'뭐야? 대체 왜……'

그는 이상하다는 것만 느꼈지 어디가 어떻게 이상한지, 무엇 때문인지 원인을 알지는 못했다.

그러는 중에 그의 움직임이 점차 둔해지고 있었다. 극심한 취기 때문에 신경까지 거의 마비되어 있어서 느낌이 정확하지가 않았다.

사실 그의 몸은 빠르게 얼어붙고 있었다. 즉, 하나의 얼음 덩어리가 되어가고 있는 중이었다.

그리고 그는 몸을 완전히 움직일 수 없게 되어서야 자신의 몸 상태를 겨우 알아차렸다.

"이…거 내 몸이 얼어버렸잖아?"

그의 몸은 여자의 몸 위에 엎드린 자세에서 하나의 얼음덩이로 굳어버렸다. 물론 음경은 음부 속에 깊숙이 삽입된 상태였다.

취중에도 그는 온몸이 몹시 추우며 그것이 여자의 음부에 자신의 음경을 삽입했기 때문일 것이라는 생각이 그제야 들었다.

그때 반사적으로 그의 머리를 두드리는 생각이 하나 있었다.

'이 여자는 극음지체다! 극양지기를 끌어올려야 한다!'

그 즉시 그는 공력, 즉 극양지기를 끌어올렸다. 그러나 단전의 공력이 요지부동 꼼짝도 하지 않았다.

'이런, 단전까지 얼어버린 거야?'

당연한 일이지만 몸이 얼면 단전도 얼어버린다.

'이런 빌어먹을… 알몸으로 여자 거시기 속에 거시기를 꽂은 채 죽다니…….'

화가 나거나 초조해지기보다는 어이가 없었다. 만약 이 모습을 마누라들이 보면 과연 어떤 표정을 지을 것인지 문득 궁금해졌고, 길게 생각하고 싶지가 않았다.

그 순간 또 한 가지 생각이 퍼뜩 그의 머리를 스쳤다.

'그렇지! 이 여자가 극음지체라면 보통 여자들의 순음지기보다 훨씬 강하고 많은 순음지기를 지니고 있겠군!'

그는 머릿속의 뇌마저도 얼어가고 있는 상황에서도 헤벌쭉 흡족하게 웃었다.

'헤헤, 좋아! 이 기회에 아예 내단을 다 녹여 버리자!'

몸이 꽁꽁 얼어 여자 몸 위에서 죽는, 즉 복상사(腹上死)를 하게 될 판국인데 그것을 두려워하지는 않고 도리어 내단을 녹일 생각에 잔뜩 들떠 있는 독고풍이다.

'자! 공력아! 끓어올라라!'

그는 조금 전하고는 달리 얼어붙은 단전에서 공력을 끌어올리려고 전력을 다했다.

'이이이익!!'

그는 모르고 있지만, 그의 두 손은 여자의 풍만한 젖가슴을 움켜잡은 채 잔뜩 힘을 주고 있어서 젖가슴이 금방이라도 터질 것만 같았다.

그런데 도무지 단전의 공력이 한 움큼도 모아질 기미가 보이지 않았다.

하지만 그는 포기하지 않았다. 죽는 것보다는 내단을 녹일 수 있는 기회를 놓치는 것이 싫었다.

'우라질! 내단을 다 녹이면 천하무적이 된다고! 그래야 대천신등을 박살 내고 돌아와서 중원무림을 손아귀에 쥘 수 있

지 않겠느냐고! 어서 움직여라, 빌어먹을 공력아!'

그렇지만 한번 얼어붙은 단전은 바윗덩이처럼 꼼짝도 하지 않았다.

공력을 끌어올리지 못한 상태에서의 그는 평범한 사람이나 다름이 없기 때문에 점차 지쳐 갔다.

'이런, 내단을 녹이면 천하무적이 되는 것뿐만이 아니라 정력도 엄청 강해질 텐데…이거 참!'

그는 끝까지 죽는 것은 걱정하지 않고 내단을 녹일 욕심만 앞서 있었다.

극심한 취중이지만 정력이 강해지고 말겠다는 그의 정신력이 더 강했다.

'방법을 찾자, 방법을!'

그는 여전히 여자의 두 젖가슴을 움켜잡은 채 얼굴을 그녀의 어깨에 처박고 끙끙 고민했다.

그러기를 다섯 호흡쯤 지났을 때, 지성이면 감천이라고, 어떤 생각이 번쩍 뒤통수를 후려갈겼다.

'아직도 흘러들고 있나?'

그는 얼음 막대기로 변한 자신의 음경에 온 신경을 집중시키고 무엇인가를 감지하려고 애썼다.

흐릿하게, 정말이지, 무척이나 흐릿하게 음경을 통해서 싸늘한 기운이 자신의 몸속으로 흘러드는 것이 느껴졌다.

그것은 여자의 몸에서 그의 음경을 통해 흘러들고 있는 극음지기였다.
 독고풍은 회심의 미소를 지었다. 어떠한 역경에 처해도 절망하지 않는 느긋한 그의 낙천성은 실로 존경할 만했다.
 극음지기와 순음지기는 다르다. 극음지기는 여자의 몸 전체를 이루고 있는 기운이고, 순음지기는 순결이 머금고 있는 극음지기의 결정체다.
 그는 공력을 끌어올리는 대신 음경을 통해서 흘러드는 극음지기를 단전으로 이끄는 데 주력했다.
 극음지기를 유도해서 얼어붙은 단전에 충격을 가하려는 생각이었다.
 말하자면, 한기를 한기로 다스리는 이한치한(以寒治寒)의 엉뚱한 방법인 것이다.
 옛말에도 궁하면 통한다[窮卽通]라고 했다. 벼랑 끝에서 궁리해 낸 독고풍의 방법은 과연 적중했다.
 한순간 바윗덩이처럼 꼼짝도 하지 않던 단전의 공력이 꿈틀 작게 파문을 일으켰다.
 '됐어!'
 그는 속으로 쾌재를 부르며 계속해서 극음지기를 단전으로 이끌어 두들겨 댔다.
 만약 지금 이 방 안에서 벌어지고 있는 광경을 누군가 본다면 배꼽을 잡고 요절복통하고 말 것이다.
 여자는 술에 만취해서 자신을 겁탈하는 것도 모른 채 네 활개를 펴고 곯아떨어졌으며, 겁탈을 하던 사내는 음경을 음부 속에 깊숙이 삽입한 상태에서 얼음덩이로 꽁꽁 얼어버린 채 두 손으로는 여자의 젖가슴을 움켜잡고 끙끙거리고 있으니 이런 가관이 어디에 있겠는가.

그때 독고풍의 단전에서 산골짜기에서 졸졸 흐르는 실개천 같은 미약한 공력이 흘러나오기 시작했다.

그는 그것을 즉시 극양지기로 변환시켰다. 공력을 일단 극양지기로 바꾸면 온몸이 얼음으로 변한 것쯤은 쉽사리 녹일 수가 있다.

그렇게 한식경쯤 흘렀을까. 마침내 그의 몸은 극양지기로 가득 찼으며, 당연히 몸은 원상회복되었다.

'우헤헷! 자, 다시 시작한다!'

그는 언제 죽을 뻔했느냐는 듯 입이 귀까지 찢어져서 몸을 움직이기 시작했다.

그러면서도 아직도 공력으로 취기를 몰아낼 생각은 하지 못하고 있었다.

그렇지만 자신의 목숨이 끊어지는 것보다 더 갈망했던 내단을 녹이는 일에 대한 것은 결코 잊지 않았다.

'이대로는 안 돼! 이 계집애가 절정에 이르러야지만 순음지기가 쓸모있게 된다!'

그렇게 하려면 여자를 깨워야 한다. 잠이 든 상태에서는 절대 절정에 이르지 못할 것이다.

파파파곽!

독고풍은 여자의 귀밑과 턱, 쇄골 부위와 옆구리의 열두 군데 혈도를 순식간에 찍었다.

"음."

그러자 놀랍게도 여자가 나직한 신음을 흘리면서 긴 속눈썹을 파르르 떨며 천천히 눈을 떴다.

그러나 완전히 눈을 뜨지는 못했다. 반쯤 감긴 게슴츠레한 눈에 동공은 풀린 상태다. 그녀는 독고풍보다 더 만취한 모습이었다.

그녀는 자신에게 무슨 일이 벌어지고 있는지 조금도 자각하지 못했다.

다만 무엇인가 묵직하고 커다란 물체가 자신의 음부를 들쑤시고 있다는 느낌만, 아니, 음부가 찢어지는 듯하면서도 기묘한 쾌감이 그곳에서부터 시작되어 스멀스멀 온몸으로 퍼지고 있는 것도 아울러 느꼈다.

그 순간 독고풍의 다섯 손가락이 여자의 음부에서 춤을 추며 운홀우황지수법을 발휘하고, 다른 다섯 손가락이 여체 위를 종횡무진 부유하며 요선마후에게 전수받은 방중 비술을 전개했다.

그래도 가장 중요한 역할을 하는 것은 뭐니 뭐니 해도 그의 가공할 무기인 육봉(肉峰)이다.

"아아……!"

운홀우황지수법과 방중 비술이 드디어 위력을 발휘하자 여자의 입에서 교성이 새어 나왔다.

그런가 싶었는데 그녀는 곧 두 팔과 두 다리로 독고풍의 몸을 뱀처럼 칭칭 동여 힘차게 끌어안으면서 허리와 엉덩이를 미친 듯이 움직이기 시작했다.

그것은 마치 사내를 수십 명 이상 거친 요부의 색정적인 움직임과 다름없었다.

독고풍과 여자는 죽이 잘 맞았다. 말하자면 속궁합이 찰떡궁합이라는 뜻이다.

독고풍은 타의 추종을 불허하는 색골이고, 여자 역시 같은 의미의 색녀다.

아니, 사실 아까까지만 해도 순결한 처녀였던 여자는 독고풍의 운홀우황지수법과 방중 비술 덕택에 색녀가 된 것이다.

결론적으로 말하면 여자가 더 색을 밝혔다. 그 때문에 독고풍은 이만하면 됐다 싶어서 정사를 그만하려고 생각한 시점에서 다섯 번이나 더 봉사해야만 했다.

얼마나 술을 마셨는지, 도합 열세 번째 정사를 끝낸 직후에야 두 사람은 다시 곯아떨어졌다.

어느 시점에 누가 먼저 잠이 들었는지는 모른다. 그저 극도의 취기와 격렬한 열세 번의 정사가 두 사람을 녹초로 만들어 버린 것이다.

가장 중요한 일, 즉 독고풍이 목숨보다 더 중요하게 여겼던 내단을 녹이는 일은 성공을 거두었다. 그것도 완전히 녹여 버린 것이다.
 이제 그는 다시는 눈이 벌게져서 숫처녀를 찾아다니지 않아도 될 것이다.
 내단을 완전히 용해해서 완벽하게 자신의 공력으로 만들어 버렸기 때문이다.

 해가 중천에 뜬 사시(巳時:오전 10시) 무렵이 돼서야 여자가 먼저 잠에서 깼다.
 그녀의 머리에 가장 먼저 떠오른 것은 어젯밤에 지나칠 정도로 과음을 했다는 사실이었다.
 그녀는 상대가 없을 만큼 술이 강한데도 어젯밤에는 자신의 주량보다 두 배 이상 더 마셨다.
 그래서 인사불성이 됐고, 만취하여 쓰러지기 한 시진 전부터의 기억이 끊겨 있었다.
 그렇지만 아무것도 기억하지 못하는 것은 아니다. 단단한 근육 덩어리의 사내와 미친 듯이 몸싸움을 하면서 죽어서 한 움큼의 재가 된다고 해도 잊지 못할 최고의 쾌락을 느꼈다는 사실을 아련하게나마 기억하고 있었다.
 '꿈…이었나?'
 그녀는 눈을 뜨지 않은 채 속으로 웅얼거렸다. 꿈이었다면 실로 안타까운 일이다.

혹시 눈을 계속 감고 있으면 다시 잠이 들고, 그래서 그 온몸이 녹아버릴 듯한 굉장한 쾌락의 꿈을 이어서 꾸지 않을까 하는 생각이 들었다.

 '아아… 뭔지 모르지만 굉장했어. 그런데 꿈속에서 나하고 몸싸움을 했던 사내는 왠지 낯이 익은 것 같았는데…….'

 그녀는 눈을 감은 채 그 황홀한 쾌락의 꿈이 계속 이어지기를 원했다.

 "……!"

 그때 그녀는 한꺼번에 몇 가지 사실을 느끼고 깨달았다.

 첫째, 자신이 엎드려서 어딘가에 걸터앉아 다리를 활짝 벌린 자세라는 것.

 둘째, 자신의 몸 아래쪽에 누군가의 몸이 있다는 것.

 셋째, 자신의 허벅지 가장 안쪽 깊은 곳을 정체불명의 무기가 찌르고 있다는 것.

 넷째, 그 무기는 그곳에서부터 뱃속 깊은 곳까지 꽂혀 있다는 것 등이다.

 '나… 나는 죽은 것인가? 그래서 그런 해괴한 꿈을…….'

 그 네 가지 사실 때문에 그녀는 벌떡 상체를 일으키면서 눈을 떴다.

 그 순간 네 가지 사실을 모두 합친 것보다 열 배는 더 충격적인 다섯 번째 사실을 그녀는 두 눈으로 목격했다.

 그녀의 시선은 제일 먼저 자신이 무슨 무기에 음부 부위를 찔렸는지 확인하기 위해 아래쪽으로 향했다.
 "아……!"
 그녀의 머릿속에서 폭죽 수만 개가 한꺼번에 터졌다.
 신기하게도 그 순간 그녀는 지난밤의 그 엄청난 쾌락의 정체를 깨달아 버렸다.
 더불어서 자신이 더 이상 순결한 몸이 아니라는 사실마저도 깨달았다.
 그녀는 너무나 놀라서 엉거주춤한 자세를 취했다. 그리고는 두 눈이 더 이상 커질 수 없을 정도로 커다랗게 부릅떠졌다.
 사내의 사타구니에 달린 팔뚝 같은 것의 대부분이 어디에 들어가 있는지 발견하고 또 깨달은 것이다.
 그 순간 그녀는 아무것도 눈에 보이지 않았다.
 "이… 죽일 놈!"
 뻐억! 뻑! 뻑! 펑! 퍼펑!
 다음 순간 그녀는 공력을 끌어올려 팔뚝의 주인을 향해 빗발치듯이 두 주먹을 날렸다.
 인정사정 볼 것 없었다. 묵사발을 내서 쳐 죽이겠다는 생각밖에 들지 않았다.
 콱!
 그러나 어느 순간 강철처럼 완고한 밧줄 같은 것이 그녀의 허리를 휘어 감더니 확 잡아끌었다.
 "앗!"

그녀는 독고풍 가슴에 납작하게 엎드린 자세로 꼼짝도 못하는 신세가 되고 말았다.

독고풍이 한 팔로는 여자의 허리를 그러안고, 다른 손으로는 그녀의 턱을 치켜세우며 빙그레 미소를 지었다.

"여자, 이름이 뭐냐?"

공력을 가득 실어 주먹을 난타했는데도 독고풍의 얼굴은 말짱했다.

오히려 입가에 부드러운 미소를 짓고 눈은 자상한 기운을 가득 담고 있었다.

여자는 오래전에 그런 표정을 본 기억이 있었다. 그녀의 아버지가 죽도록 사랑하던 어머니를 바라보는 아스라한 기억 속의 표정이다.

그녀는 독고풍의 얼굴을 보는 순간 온몸의 힘이 쭉 빠졌으며 자신이 그 옛날 어머니가 되고, 독고풍이 아버지가 된 듯한 착각에 빠졌다.

"오… 옥…조(玉鳥)예요."

그리고는 전적으로 지아비에게 순종하는 아내처럼 사르르 눈을 내리깔면서 촉촉하게 젖은 목소리로 대답했다.

"예쁜 이름이로구나."

독고풍이 빙그레 미소 지으면서 뺨을 어루만지자 여자 옥조는 얼굴이 노을처럼 붉어졌다.

단언하건대, 그녀는 일생 동안 단 한순간도 지금처럼 수줍었던 적이 없다.

그녀의 일생은 살인과 피와 잔혹의 역사였다. 그래서 그녀는 자신의 어디에 이런 수줍음과 공손함과 순종이 숨어 있었는지 스스로도 놀라고 있었다.

허리를 휘감았던 독고풍의 손이 옥조의 궁둥이를 부드럽게 쓰다듬었다.

"새벽에 그거 어땠느냐?"

옥조의 얼굴이 더 빨개졌다. 그녀는 달뜬 숨을 할딱거리면서 눈을 꼭 감았다.

그리고는 조금도 염두에 두고 있지 않았던 말이 새빨간 입술 사이로 흘러나왔다.

"좋…았어요. 그런 굉장한 느낌은 처음이었어요."

"다행이로군."

그때 독고풍의 손이 옥조의 엉덩이 계곡 사이로 미끄러져 들어갔다.

"바쁜 일 있느냐?"

"아, 아뇨."

"그렇다면 지금부터 그 굉장한 느낌을 다시 한 번 더 느끼게 해주고 싶은데……."

"네… 고마워요."

第百一章
죽음의 옥봉원

대밭종
大麓宗

땀에 흠뻑 젖은 옥조는 한 마리 참새처럼 가녀린 모습으로 독고풍 품에 안겨서 가쁜 숨을 할딱거렸다.

꿈이었다고 여겼던 그 굉장한 쾌락은 생생한 현실이었다.

옥조는 한 시진 동안 세 차례나 천당에 올라갔다가 돌아오는 경험을 했다.

그런 느낌, 흥분, 그리고 쾌락은 말로써는 도저히 백분의 일조차 설명할 수가 없다. 오직 실제로 체험을 해봐야만 알 수가 있다.

자신이 천하제일의 미녀이며, 자신과 짝이 될 자격을 갖춘 사내는 이 세상에 존재하지 않는다고 호언장담했던 옥조는 지금 이 순간 독고풍 품에 안겨 언제 그런 말을 했었느냐는 듯 깊고 짙은 행복에 푹 빠져 있었다.

대학자를 꺾는 데에는 뛰어난 학문이 필요하고, 초절고수를 패배시키려면 최강 무공이, 절세미녀를 굴복시키는 데에는 강력한 육봉으로 일침(一針) 한 방이면 된다.

이른바 옥문일침(玉門一針)이다.

옥조는 가만히 고개를 들어 독고풍의 얼굴을 조심스럽게 바라보았다.

단언하건대, 그녀는 원래 이처럼 조심스러운 성격의 소유자가 아니다.

오히려 사내들, 그중에서도 스스로 잘났다고 뽐내는 자들을 벌레처럼 여겨 짓이기는 것을 취미로 삼았던 여자다.

그런데 독고풍은 조금도 자신이 잘났다는 행동을 하지 않았다. 그런데도 옥조의 눈에는 그가 천하에서 가장 잘난 사내로만 보였다.

독고풍의 준수하면서도 듬직한 얼굴 모습이 바로 옥조의 눈앞 반 뼘 거리에 있었다.

그녀의 눈빛이 꿈을 꾸듯 아스라하게 변했다.

'아, 정말 잘생기셨어! 게다가……'

그녀는 간밤에 시작하여 조금 전에야 비로소 끝난 그 폭풍 같은 정사를 떠올리며 얼굴이 화끈 달아올랐다.

그리고는 슬며시 눈동자를 아래로 내려 독고풍의 하체를

살며시 바라보았다.
 '헉!'
 거기에 자신을 열세 차례나 천당으로 보냈던 물건이 묵직하게 부동자세를 취하고 있었다.
 "옥조, 무옥은 어디로 갔느냐?"
 그녀가 독고풍의 음경을 보면서 정신을 차리지 못하고 있을 때 그가 나른한 목소리로 물었다.
 옥조는 음경에서 시선을 떼지 않은 채 대답했다.
 "오라버니는 급한 볼일 때문에 먼저 총련으로 돌아가시면서 소녀에게 낭군님을 보살펴 드리라는 말씀을 남기셨어요."
 그녀는 스스럼없이 '낭군님'이라는 호칭을 사용했다. 뚫어지게 음경에 시선을 고정시키고 있는 그녀의 눈은 꿈을 꾸는 듯하고 얼굴은 발갛게 달아올랐으며, 반쯤 벌린 새빨간 입술 안에는 침이 고여 있었으나 그녀의 목소리는 단아할 만큼 공손했다.
 "오라버니? 무옥이 오빠였나?"
 "네."
 "그랬었군."
 독고풍은 떨떠름한 표정을 지었다.
 "얘기가 잘됐으면 무옥하고는 좋은 친구가 될 수 있을 뻔했는데 아쉽군."
 그와 화통하게 술은 마셨으나 실제 목적이었던 대화가 결렬된 것이 무엇보다 아쉬운 독고풍이다.

그도 이제는 정략이나 책략이라는 것에 깊숙이 발을 들이민 상태였다.

"오라버니께서는 이런 말씀도 남겼어요."

"무슨?"

"낭군님께서 오라버니에게 요구하셨던 것들은 무조건, 그리고 전적으로 받아들인다고 말이에요."

"정말이야?"

독고풍은 놀라서 벌떡 상체를 일으켰다. 그 바람에 그의 음경이 옥조의 입을 쿡 찔렀다.

옥조는 음경을 만지작거리면서 눈빛이 활활 타올랐으나 목소리만은 여전히 공손했다.

"정말이에요. 오라버니께선 본 련에서 가장 뛰어난 이천 명의 정예고수를 선발, 낭군님께 일임하겠다고 하셨어요."

"야아! 좋았어!"

독고풍은 주먹을 휘두르며 좋아했다.

옥조는 느릿하게 몸을 일으켜 독고풍의 음경 위에 살며시 앉았다.

그러면서 독고풍이 기뻐할 만한 말이 자신에게 한 가지 더 남아 있다는 사실 때문에 흐뭇한 표정을 지었다.

"그리고 서장에서 돌아온 후에도 본 련은 전폭적으로 낭군님을 지원하게 될 거예요."

독고풍의 입이 벌어져서 귀에 걸렸다.
"핫핫핫! 무옥은 과연 사내 중의 사내다!"
"아……."
옥조는 천천히 하체를 움직이며 얼굴이 새빨개져서 나직한 신음을 토해냈다.
독고풍은 짓궂은 표정으로 그녀를 쳐다보았다.
"너 꽤나 밝히는구나?"
"낭군님께서 천첩을 이렇게 만드셨어요."
독고풍은 빙그레 미소를 지었다.
"나도 하고 싶지만 잠시 후로 미루어야겠다."
옥조의 빨갛게 상기된 얼굴에 설핏 의아함이 떠올랐다.
"네? 무슨……."
"후후, 쥐새끼들이 나타나서 말이야."
우직! 퍽!
독고풍의 말이 끝나기도 전에 천장과 창문, 벽 세 군데가 너무도 간단하게 뚫리면서 세 개의 인영이 쏜살같이 실내로 쏟아져 들어왔다.
세 인영은 두리번거리지도 않고 곧장 독고풍과 옥조를 향해 세 방향에서 쏘아왔다.
그것은 그들이 밖에서 이미 실내의 동정을 완벽하게 파악하고 있었다는 뜻이다.
또한 세 인물은 천장과 창, 벽을 뚫는 순간 어느새 침상에 이르렀으며, 각자의 도검을 뽑아 발초하기 직전이다.

　독고풍이 아는 바로는 중원무림에 이 정도의 초절고수는 극히 드물다.

　그리고 중원무림의 인물이라면 현재와 같은 상황에서 독고풍을 죽일 이유가 없다. 이유가 있더라도 세 명이 한꺼번에 합공을 할 가능성은 전무하다.

　독고풍은 이들 세 명이 누군지 간파했다. 초절고수이며, 독고풍을 죽일 충분한 이유가 있고, 합공이 아니라 그 이상의 수단도 동원할 만한 인물들.

　바로 십팔광세였다.

　십팔광세의 몇 광세인지는 모르지만, 이들 세 명이 독고풍이 있는 곳을 정확하게 찾아냈다는 사실은 놀라운 일이었다. 그만큼 정확한 정보통을 보유하고 있다는 얘기다.

　또한 세 명이 합공을 가했다는 것은 이번 공격으로 독고풍을 깨끗하게 죽이겠다는 뜻.

　그러나 안타깝게도 당사자인 독고풍은 조금도 죽어줄 마음이 없었다.

　더구나 그는 이제 막 사귄 여자와의 오붓한 시간을 망친 죄를 그들에게 묻기로 했다.

　어젯밤에 이런 합공을 당했다면 그는 이들을 당해내지 못했을 것이다.

　십팔광세 한 명에게 반 수가량 하수였거늘, 세 명이야 더 이상 말하면 무엇 하겠는가.

그러나 지금은 사정이 다르다. 독고풍은 이미 내단을 완전히 용해했으며 그것을 모조리 자신의 공력으로 만든 상태다.

그렇지만 그는 현재 자신의 공력이 어느 정도 수준에 도달했는지 정확하게 모른다. 제대로 가부좌를 틀고 운공조식을 하지 않았기 때문이다.

옥조와 첫 번째 정사에서 예상보다 훨씬 많고 강한 순음지기를 얻어낸 그는 정사를 하는 도중에 즉시 천마신위강을 운공조식하여 내단을 녹여 공력으로 만들어 단전에 축적시켰다.

그리고는 다시 계속해서 정사를 했다. 취기와 욕정으로 가득 찬 상태에서 내단을 녹였다는 사실이 천만다행이었다.

하지만 한 가지만은 알 수 있었다. 단전과 가슴속에 충만한 어떤 모종의 기운이 느껴졌다. 그것은 걷잡을 수 없을 만큼 거대한 팽배함과 자신감이었다.

사실 세 명의 광세가 합공을 하는 이유는 독고풍 하나를 죽이기 위해서가 아니다.

십팔광세의 살생부에 적혀 있는 사람이 이 방 안에 한 명이 더 있었기 때문이다.

바로 옥조였다.

독고풍과 옥조의 상황은 최악이다. 서로 몸이 합체된 상태이고, 독고풍은 누워 있으며, 옥조는 부지런히 하체를 흔들어

대고 있는 중에 급습을 당한 것이다.

 십광세와 한차례 싸움을 벌여 고전을 해본 경험이 있는 독고풍은 적잖이 긴장했다.

 내단을 녹여서 자신의 공력이 급증된 것은 알겠는데, 어느 정도인지 모르기 때문에 한꺼번에 세 명의 광세를 상대할 수 있을지 자신이 서지 않았다.

 이것은 자신감만 갖고 되는 일이 아니다. 잘못 결정을 내리면 곧장 죽음으로 이어지는 것이다.

 아까 옥조가 주먹을 휘두를 때 맞아보니까 그녀의 공력은 상당한 수준인 듯했다.

 아무리 낮게 잡아도 적멸가인 정도는 될 것이라고 독고풍은 판단했다.

 "위로!"

 독고풍은 옥조에게 급히 전음을 보내는 것과 동시에 누운 자세에서 둥실 위로 떠올랐다.

 스웃!

 그런데 떠오르는 속도가 흡사 빛처럼 빨랐다. 그것은 독고풍조차도 예상하지 못한 속도였다.

 옥조는 세 명의 광세가 침입하는 것과 같은 순간에 공력을 끌어올렸었다. 그 순간 독고풍의 전음이 들렸고, 그 즉시 위로 솟구쳤다.

 그렇다고 해도 그토록 빠른 속도를 낼 수 있었던 것은 옥조

덕분은 아니다.

그녀는 단지 독고풍의 짐이 되지 않도록 자신의 몸만 솟구쳤을 뿐이다.

독고풍은 일단 위로 솟구쳐서 간발의 차이로 공격을 피한 후에 반격의 기회를 노리려고 생각했었다.

그런데 생각보다 빠르고도 높이 솟구쳤기 때문에 공격을 손쉽게 피했을 뿐만 아니라 역습의 기회까지 생겼다.

그는 자신이 내단을 완전히 다 녹여서 공력이 급증했다는 사실을 잠시 망각하고 평소처럼 동작을 취했는데 몸은 평소보다 절반 이상 민첩한 반응을 보여준 것이다.

콰아!

세 명의 광세가 휘두른 도검에서 뿜어진 엄청난 위력의 도기와 검기가 침상을 산산조각 내버렸다.

그들 세 명이 침상 가에 가장 가까이 모여든 찰나지간에 천장에 붙다시피 떠오른 독고풍은 양손을 뻗어 아래를 향해 세 줄기 마영신지를 발출하려고 했다.

순간 그보다 빨리 옥조가 가장 왼쪽의 광세를 향해 허리를 비틀어 상체를 뒤로 꺾으면서 쌍장을 뿜어냈다.

큐유웅!

그리고 찰나의 차이로 뒤를 이어 독고풍이 두 줄기 마영신지를 발출했다.

쐐액!

옥조의 먹물 같은 새카만 장풍과 독고풍의 핏빛 지풍 두 줄기가 허공을 갈랐다.

하지만 세 명 광세의 반응은 놀라울 정도로 민첩했다. 그들은 독고풍과 옥조가 위로 떠올라 반격을 가할 것이라는 사실을 미리 알고 있었던 것처럼 번개같이 몸을 뒤집으면서 두 사람을 향해 도기와 검기를 폭사시켰다.

그러나 그보다 옥조의 일장과 독고풍의 지풍이 조금 더 빨랐다.

펑! 파팍!

마영신지에 미간과 얼굴 정중앙이 관통된 두 명은 피를 뿜으며 추락했고, 옥조의 장풍은 한 명의 광세가 발출한 도기와 정통으로 부딪쳤다.

쿵!

옥조의 장풍과 격돌한 광세는 반탄력에 튕겨져 등을 방바닥에 호되게 부딪쳤다.

그러나 곧 튀어 오르면서 독고풍과 옥조를 향해 맹렬하게 도기를 쏟아냈다.

쏴아아!

"이놈!"

방금 전에 급습을 당했을 때보다는 조금 여유가 생긴 옥조가 자신의 하체와 독고풍의 하체를 분리(?)시키면서 머리를 아래로 향한 자세에서 벼락같이 섬섬옥수를 쭉 뻗었다.

큐웅!

순간 투명하게 빛나는 혈광이 일직선으로 쭉 뿜어졌다.

퍼억!

이어서 도기와 정통으로 부딪쳐서 무너뜨리고 곧장 광세의 머리에 적중되어 흔적도 없이 박살을 내버렸다.

옥조는 허공에서 한 바퀴 공중제비를 우아하게 돌고는 바닥에 사뿐히 내려섰다.

직후 그 옆에 독고풍 역시 소리없이 내려섰다.

옥조는 독고풍을 바라보았다. 독고풍은 바닥에 죽어 있는 세 명의 광세를 굽어보고 있었다.

옥조의 시선이 독고풍의 하체로 향했다. 점액질의 액체가 흠뻑 묻은 커다란 음경이 허공을 찌르고 있는 것을 보는 옥조의 얼굴에 아쉬운 기색이 역력하게 떠올랐다.

독고풍은 옥조를 보며 미소를 지었다.

"너는 꽤 강하구나."

옥조는 비록 세 명 광세의 급습을 독고풍의 도움을 받아 피하기는 했으나 광세 한 명을 어렵지 않게 죽였다.

그렇다면 그녀의 무위는 내단을 녹이기 전의 독고풍 정도 수준이거나 그보다 약간 높을 것이다.

독고풍은 세 명의 광세가 급습을 했다는 사실에도 놀랐지만 그보다는 옥조의 무위에 더 놀란 상태다.

그녀가 그 정도라면 그녀의 오빠인 무옥은 더 고강할 것이 아니겠는가.

이거야말로 하늘 밖의 하늘, 즉 천외천이 아닌가. 그런데도 독고풍은 자신이 천하무적이라고 큰소리 떵떵 치면서 천하가 좁다 하고 돌아다녔다.

독고풍의 칭찬에 옥조는 부끄러운 듯, 그러나 자랑스러운 듯 배시시 미소 지었다.

"낭군님께 비하면 월광과 반딧불의 차이예요."

독고풍은 고개를 끄덕이며 옥조를 바라보았다.

"너와 무옥이 천하의 녹채박림을 일통시키고 녹전대련을 일으킨 것이 우연은 아니로구나."

옥조는 부끄러운 듯 얼굴을 살짝 붉히면서 고즈넉이 서 있을 뿐 아무 말도 하지 않았다.

옥조의 나신 전체를 처음으로 보게 된 독고풍은 그녀의 미모와 몸매가 자신의 아내들에 비해서 조금도 손색이 없다는 생각이 들었다.

아니, 오히려 옥조에게는 그의 아내들이 갖고 있지 않은 다른 것이 있었다.

가느다란 목이며 자그맣고 동그란 어깨, 크고 탱탱한 젖가슴이나 잘록한 허리, 아담하면서도 탄력있는 엉덩이, 곧게 죽 뻗어 긴 다리는 어느 곳 하나 흠 잡을 데가 없다.

그러나 그것 외에도 그녀에게는 다른 것이 있었다. 그녀의 몸에서는 은은한 광채가 뿜어졌다.

그리고 마치 미끄럽고 끈적끈적한 알 수 없는 액체가 발라져 있는 것 같았다.

그래서 독고풍은 그녀의 나신을 보면 자신의 정력이 고갈될 때까지 끝없이 정사를 하고 싶어진다. 아마도 그것이 그녀만의 독특한 매력일 터이다.

그때 옥조의 나신을 감상하고 있던 독고풍이 퍼뜩 정신을 차리면서 빠르게 옷을 주워 입었다.

"조야, 어서 옷을 입고 나와 함께 옥봉원으로 가자."

옥조는 무슨 영문인지 몰라서 의아한 표정을 지었다. 하지만 서둘러 옷을 입고 쏜살같이 창밖으로 쏘아 나가는 독고풍을 발견하고는 자신도 급히 옷을 입고 뒤따랐다.

독고풍은 복잡한 대로를 놔두고 건물들 지붕 위로 빛처럼 쏘아가며 전음을 보냈다.

"강조, 자세히 설명해 봐라."

방금 전에 그는 느닷없이 강조로부터 옥봉원이 위험하다는 전음을 받았던 것이다.

개봉성 내 독고풍이 녹천신왕과 만나기로 한 장소에서 멀찌감치 떨어진 곳에서 혼자 대기하고 있던 강조는 조금 전에 옥봉원에서 보내온 전서구를 받고 즉시 독고풍에게 달려와 보고했던 것이다.

강조는 뒤따르면서 즉시 전음을 보냈다.

"자세한 내용은 없었습니다. 단지 습격자들이 십팔광세인 것 같으며 다섯 명이라는 내용이었습니다."

'십팔광세가 다섯 명이나?'

독고풍을 공격했다가 제령수어법에 심지가 제압된 십팔광세의 말에 의하면 십팔광세 중에 십광세부터 십팔광세까지 아홉 명이 중원에 왔다고 했다.

아홉 명 중에서 십팔광세는 독고풍에게 제압됐고 조금 전에 세 명이 죽었으니 남은 자들은 여섯 명인데, 그중에 한 명을 제외한 다섯 명이 옥봉원을 급습하고 있다는 것이다.

현재 옥봉원에는 적멸가인과 무적금위대 십구 명, 그리고 옥봉원을 경호하기 위해서 요마삼군단에서 선발된 삼백 명의 마종철위대가 있다.

십팔광세 한 명은 내단을 녹이기 전의 독고풍보다 반 수 정도 고수였다.

다섯 명이라면 최소한 여섯에서 일곱 명의 독고풍이 옥봉원을 공격하고 있다는 뜻이나 마찬가지다.

그런 그들을 적멸가인과 무적금위대, 마종철위대가 상대한다는 것은 역부족일 것이다.

다만 얼마나 버텨주느냐가 문제다.

개봉성을 벗어난 독고풍은 이윽고 전력으로 섬광비류행을 전개했다.

슈욱!

한순간 그는 비스듬히 허공 십오륙 장까지 솟구쳐 올랐다.

독고풍에게서 뒤처지지 않으려고 전력으로 달리던 옥조는 그가 순식간에 까마득하게 허공으로 멀어지자 다급하게 소리쳤다.

"낭군님! 천첩은 어디로 갈까요?"

점으로 화한 독고풍에게서 바람결에 말소리가 들려왔다.

"강조, 그녀와 함께 와라."

어풍비류행의 최고봉인 섬광비류행을 전개하여 허공을 빛처럼 쏘아가는 독고풍의 머리를 가득 채운 한 가지 생각이 있었다.

'도대체 놈들이 옥봉원의 위치를 어떻게 알아낸 거지?

第百二章
출신입화지경(出神入化之境)

 독고풍은 불과 이각 만에 옥봉원에 도착했다.

 그곳의 상황은 예상했던 것보다 더 안 좋았다. 최악이었다.

 피아를 막론하고 모두들 옥봉원 내의 한 채의 전각 주변에 몰려 있었다.

 그곳은 독고풍의 거처로 사용하는 전각이다. 그의 거처라면 아내들과 어머니의 거처도 된다.

 전각 지붕에는 무적금위대들이, 아래쪽 둘레에는 마종철위대 여고수들이 겹겹이 에워싼 형태였다.

 그리고 다섯 명의 광세가 다섯 방향에서 공격을 퍼부으면서 치열한 혈전이 벌어지고 있었다.

두 명의 광세가 지붕의 두 방향을, 세 명이 삼면 벽을 가차 없이 공격했다.

그런데 지붕에는 무적금위대 중에서 일곱 명이 여기저기 흩어진 채 쓰러져 있었다.

전각 아래 사방에 피투성이가 되어 쓰러져 있는 마종철위대는 무려 백오십여 명에 달했다.

지붕에서 적멸가인과 자미룡이 한 명의 광세를 상대로 합공을 펼치면서 약간 우위를 점하고 있을 뿐, 다른 사람들은 네 명의 광세가 뿜어내는 도기와 검기에 결사적으로 대항하면서 절대적으로 열세에 처해 있는 상황이었다.

지상에서 이십여 장 높이에서 섬광비류행을 전개하여 옥봉원을 향해 쏘아가고 있는 독고풍의 존재를 아무도 감지하지 못하고 있었다.

그는 격전장을 날카롭게 쏘아보면서 분노가 솟구쳐 올라 극에 달했다.

전각 지붕에 죽어 있는 무적금위대 고수들과 전각 주위에 피투성이가 되어 죽은 마종철위대 여고수들의 모습은 그의 눈을 핏빛으로 물들게 했다.

또한 저 전각 안에 갇힌 채 겁에 질려 오들오들 떨고 있을 은예상과 요마낭, 어머니 단예소를 생각하면 분노로 심장이 폭발할 것만 같았다.

'이놈들! 모조리 죽여 버리겠다!'

이를 부드득 갈아붙인 그는 전각 위 적멸가인과 자미룡이 상대하고 있는 광세 외에 다른 한 명을 향해 수직으로 무서운 속도로 내리꽂혔다.

광세는 독고풍의 쇄도를 전혀 모르는 듯 십여 명의 무적금위사들과 치열한 싸움을 벌이고 있었다.

그러면서도 광세는 조금도 밀리지 않고 오히려 십여 명의 무적금위사들을 거칠게 압박하고 있었다.

팍!

그때 광세의 검이 우문창의 두 아들인 보필 형제의 형 우문보의 왼쪽 어깨를 깊숙이 찔렀다.

우문보는 비틀거리면서 뒤로 물러났고, 광세는 그림자처럼 그를 따라붙으면서 재차 검을 찔러갔다.

공격하고 있던 무적금위사들이 광세의 공격을 차단하려고 그를 집중적으로 공격했으나 워낙 빠른 광세를 제지하기엔 역부족이었다.

독고풍은 광세의 검이 우문보의 목을 찔러가는 것을 발견하고 번개같이 석검을 뽑아 혈전탄류를 발출했다.

고오오!

순간 허공을 은은하게 떨어 울리는 음향이 터졌다. 그리고 그보다 빠르게 한줄기 투명한 붉고 검은 빛줄기가 광세의 정수리를 향해 일직선으로 쏘아갔다.

내단을 완전히 녹여 공력으로 만든 상태에서 발출한 혈전탄류 검강의 위력은 예전에 비해 훨씬 위력적일 터이다.

혈전탄류가 허공을 가르는 특이한 음향에 지붕에 있던 사람들이 일제히 허공을 올려다보았다.

그 순간 그들은 한줄기 붉고 검은 빛을 발하는 검강, 즉 혈흑검강이 광세의 정수리 위 일 장쯤에 도달해 있는 것과, 그 위 오 장여 거리에서 독고풍이 무엇보다 빠른 속도로 하강하고 있는 것을 발견했다.

광세의 얼굴에는 얼핏 놀라움이, 무적금위사들 얼굴에는 기쁜 기색이 가득 피어올랐다.

그러나 독고풍의 출현과 그가 발출한 혈전탄류하고는 관계없이 지붕에서는 그 나름의 동작들이 진행되고 있었다.

즉, 광세의 검이 우문보의 목을 찔러가고 있는 것은 별개의 움직임인 것이다.

퍽!

한순간 혈전탄류가 광세의 정수리를 수직으로 파고들어 옆구리로 빠져나갔다.

푹!

그리고 같은 순간 광세의 검이 우문보의 목을 깊숙이 찌르며 검첨이 목 뒤로 한 뼘이나 빠져나왔다.

광세는 즉사했다. 그러나 그가 쭉 뻗은 오른손에 쥐어진 검은 꼬치처럼 우문보의 목을 꿰고 있었다.

"형님!"

우문보의 동생 우문필이 울부짖듯이 처절한 비명을 터뜨리며 몸을 날렸다.

퍼퍼퍼퍽!

다음 순간 광세를 공격하고 있던 십여 명 무적금위사들의 검이 그의 온몸을 베고 꿰뚫었다.

'우문보!'

독고풍은 우문보가 묵직하게 뒤로 쓰러지는 것을 보면서 어금니를 악물었다.

아버지인 마군황 독고중천의 친구이며 최측근이었던 우문창의 두 아들이 우문보, 우문필 보필 형제다.

보필 형제는 오직 제이대 대마종의 호위를 위해서 키워졌다. 우문창과 보필 형제의 삶은 대마종과 분리해서는 결코 생각할 수 없었다.

그들에게 대마종은 처음이며 시작이고 전부이기 때문이다. 그런데 보필 형제의 형인 우문보가 죽었다. 독고풍이 뻔히 보고 있는 중에 말이다.

지붕의 다른 곳에서 싸우고 있던 적멸가인과 자미룡도 독고풍을 발견하고 더없이 기쁜 표정을 지었다.

물론 그녀들과 싸우고 있던 광세도 독고풍을 발견했다.

하지만 이들 세 명은 싸움에서 몸을 뺄 수 없는 상황이었다.

독고풍은 지붕의 전각은 내버려 두고 방향을 꺾어 아래쪽의 광세 중 한 명에게 내리꽂히면서 재차 강맹한 혈전탄류를 전개했다.

독고풍을 발견한 것은 지붕의 사람들만이 아니다. 아래쪽의 모든 사람이 그를 발견했다. 그랬기 때문에 세 명의 광세는 만반의 준비를 갖춘 상태다.

고오오!

혈전탄류 혈흑검강이 특유의 음향을 뒤로 남긴 채 전각 좌측에서 싸우던 한 명의 광세를 향해 빛처럼 내리꽂혔다.

'지독히 빠르다!'

광세는 자신의 얼굴을 향해 쏘아오는 혈흑검강이 삼 장 거리에서 쇄도하고 있는 것을 보면서 어쩌면 자신이 피하지 못할 수도 있다는 생각이 들었다.

그러나 십팔광세의 혹독한 수련과 본능은 절망보다 훨씬 크고 깊었다.

그는 두 발로 힘껏 지면을 박차는 것과 동시에 오히려 혈흑검강을 향해 마주 쏘아 올랐다.

그러면서 몸을 기이하게 비틀어 혈흑검강이 아슬아슬하게 자신의 머리를 빗나가게 했다.

그와 동시에 그는 자신의 전 공력을 주입하여 대미신력을 일으켜 독고풍을 향해 검강을 발출했다.

자신의 안전은 추호도 돌보지 않는 필살 일 초다. 독고풍을 죽일 수만 있다면 자신의 목숨 같은 것은 없어져도 상관이 없다는 식이다.

큐우웅!

적을 피하거나 겁을 먹는 것 따위는 십팔광세에게, 아니, 대천신등의 모든 고수들에게는 있을 수 없는 일이었다.

불꽃을 피우기 위해서 한 줌의 재로 스러져 가는 나무들처럼 대천신등의 고수들은, 그리고 십팔광세는 오직 대천신등을 위해서 자신의 몸을 태울 뿐이다.

그리고 그것은 자신들이 태어난 척박한 서장 땅을 위한 더 없는 영광의 죽음인 것이다.

그 순간 지붕 위와 다른 두 장소의 세 명의 광세가 일제히 독고풍을 향해 비조처럼 신형을 날리며 공격해 갔다.

최초의 광세가 독고풍이 발출한 혈흑검강을 피하면서 검강을 뿜어냈을 때 독고풍은 이미 그의 머리 위 일 장 거리에 이르러 있었다.

그리고 광세가 발출한 필살 일 초 대미신력 검강은 머리를 아래로 한 채 쏘아내리고 있는 독고풍의 머리 반 장 거리에서 쇄도하고 있었다.

독고풍이 위로 쳐든 석검을 일직선으로 그어 내렸다.

그 속도는 가히 빛살이다.

키이.

석검은 칙칙한 검광을 뿌리면서 허공을 가르더니 검강을

두 쪽으로 갈라 독고풍의 몸 좌우로 흐르게 하고는 그대로 광세의 머리를 두 쪽으로 쪼갰다.

팍!

그 순간 각기 다른 방향에서 쏘아오는 세 명의 광세가 발출한 세 줄기 검강이 이미 독고풍의 지척에 이르고 있었다.

독고풍의 몸이 움찔 경직됐다. 세 줄기 검강을 막거나 피할 여유가 없었다.

그렇지만 넋 놓고 가만히 있다가 당할 수는 없는 노릇이다. 원래 그에게 포기란 없다. 하는 데까지는 해보는 것이다.

그는 지척까지 쇄도한 세 줄기 검강을 막기 위해서 수중의 석검을 휘둘렀다.

스으으.

순간 석검의 모습이 사라졌다. 너무나 빠르게 움직이고 있기 때문이다.

쩌꺼껑!

다음 순간, 석검은 세 줄기 검강을 모조리 튕겨냈다.

독고풍은 세 줄기 검강 중에서 하나만 막아내도 다행이라고 생각했는데 결과적으로 세 개를 다 막아낸 것이다.

그러나 어떻게 그것들을 다 막아낼 수 있었는지 의문이 생길 여유조차 없다.

이미 세 명의 광세가 이삼 장 이내로 쇄도하면서 두 번째 공격을 쏟아내고 있었기 때문이다.

초절고수들은 가까이에서는 검강을 전개하지 않는다. 그보다는 실제 무기에 강기를 주입하여 공격하는 것이 효과적이기 때문이다.

세 명의 광세가 독고풍을 삼면에서 에워싼 채 위력적인 공격을 퍼부어댔다.

적멸가인과 자미룡은 독고풍이 한 명의 광세에게도 열세라는 사실을 잘 알고 있기 때문에 그를 돕기 위해 즉시 지붕에서 신형을 날려 곧장 쏘아갔다.

독고풍과 세 명의 광세는 지상에서 삼 장 높이 허공에서 격돌을 벌이기 시작했다.

독고풍은 서두르지 않았다. 다섯 명의 광세 중에 이미 두 명을 죽였고, 나머지 세 명을 모두 자신이 상대하고 있기 때문에 수하들에게는 더 이상 위험이 없기 때문이다.

그는 세 명의 광세와 싸우면서 자신의 공력이 얼마나 증진됐는지 시험해 보고 싶다는 생각이 들었다.

물론 열세겠지만, 어느 정도 열세인지를 파악하면 공력이 얼마나 증진했는지 알 수 있을 터이다.

그리고 그사이에 무적금위대와 마종철위대가 한숨 돌리면서 전열을 가다듬을 수 있을 것이다.

독고풍이 내단을 완전히 녹였다고는 하지만 세 명의 광세를 한꺼번에 상대하는 것은 무리일 것이다.

얼마 전에 주루에서 광세 세 명의 급습을 당했을 때 독고풍이 마영신지로 한꺼번에 두 명을 죽일 수 있었던 것은 운이 좋았기 때문이라고 생각했다.

첫 번째 급습을 피한 위치가 그들의 머리 위라서 반격을 가하기에 최적이었던 것이다.

하지만 마영신지 일 초식으로 공력이 얼마나 증진됐는지를 정확하게 측정하는 것은 무리였다.

독고풍은 우선 참마인을 전개했다.

스스스.

그런데 그 순간 예기치 않았던 일이 벌어졌다. 분명히 참마인을 전개했는데 펼쳐진 것은 생전 듣지도 보지도 못한 검초식이었다.

아니, 그것은 검초식이라고 할 수가 없다. 검초식이라는 것은 기본적인 구결이라는 틀이 있고, 그때그때 상황에 따라서 변화를 일으키는 것이다.

그런데 지금 독고풍의 석검에서 펼쳐지고 있는 것은 초식이나 변화가 아니라 단지 빛일 뿐이었다.

햇빛이나 달빛, 불빛처럼 그런 빛이 빛과 같은 속도로 허공을 누볐다.

'이것은 도대체……'

독고풍은 적잖이 당황했다. 싸움을 하는데 초식을 전개할 수가 없다면 아무리 공력이 증진됐다고 해도 소용이 없지 않겠는가.

더구나 공격은 어느 정도의 방어를 겸하는 법이다. 그런데 공격이 실효를 거두지 못한다면 곱절의 위험에 노출될 수밖에 없는 것이다.

 세 명의 광세는 독고풍이 초식을 전개하지 않고 석검으로 빛과 가느다란 빛줄기로 이어지는 이상한 것을 만들어내는 것을 보고 일순 멈칫하는 것 같았으나 즉각 공격을 퍼붓기 시작했다.

 그들의 합공은 독고풍의 전신 급소를 정확하게 노릴 뿐만 아니라 그가 피할 수 있는 모든 방위를 완벽하게 차단한 상태에서 쏟아져 왔다.

 평소 낙천적인 성격의 독고풍이지만 지금 이 순간은 당황하지 않을 수가 없었다.

 광세들의 공격이 반 장까지 쇄도하고 있는데도 그는 속수무책이었다.

 오른손으로는 여전히 석검을 휘두르며 참마인을 펼쳤지만, 방금 전처럼 참마인이 아니라 빛과 빛줄기만 번뜩이고 있을 뿐이다. 이래서는 싸움 자체가 이루어지지 않는다.

 다급해진 독고풍은 이번에는 쾌뢰검을 펼쳤다.

 스스으으.

 그러나 그 역시 마찬가지다. 초식이나 변화는 전개되지 않고 석검이 빛처럼 빠르게 움직이며 빛의 선, 즉 광선(光線)을 만들어내고 있었다.

석검이 일단 휘둘러지면 제어가 되지 않았다. 제멋대로 휘둘러지고 있는 것이다.

허공을 일직선으로 쏘아가고 있는 적멸가인과 자미룡은 독고풍이 허공중에서 엉거주춤한 자세를 취하고 있으며 얼굴에는 당황하는 표정이 떠올라 있고, 광세들의 도검이 그의 머리와 등, 옆구리에 거의 닿으려고 하는 광경을 발견하고 안색이 해쓱하게 변했다.

"풍 랑!"
"어서 피해욧!"

가장 먼저 독고풍의 몸에 닿으려고 하는 것은 정면에서 곧장 찔러오는 한 자루 검이었다. 그것은 그의 미간 한 뼘 거리까지 쇄도하고 있는 중이다.

'뒤로 피해야 한다!'

독고풍은 내심 절박하게 외치면서 급히 머리를 뒤로 젖히려고 하였다.

지금 젖혀봐야 늦는다는 사실을 알면서도 그 상황에서는 그렇게 할 수밖에 없었다.

광세들의 도검에는 강기가 실려 있기 때문에 독고풍의 금강불괴도 소용이 없다. 찔리거나 베이면 그것으로 끝이다.

쉬이이!

정면에서 찔러오는 검이 미간으로 파고들었다.

그런데 검에 찔린 느낌이 들지 않았다.

그 순간 독고풍은 검에 찔린 느낌 대신 머리가 스르르 뒤로 젖혀지는 느낌을 받았다.

그리고 다음 순간 자신의 얼굴 위로 새파란 빛을 발하는 한 자루 검신이 스쳐 지나는 것을 발견했다.

그는 눈을 똑바로 뜨고 턱에서 이마 쪽으로 가로지른 검신을 쳐다보았다.

그런데 검신의 속도가 지독하게 느렸다. 마치 누군가에게 검초식의 시범을 보이기 위해서 일부러 아주 느리게 전개하는 것 같았다.

독고풍은 어떻게 된 영문인지는 모르지만 자신의 고개가 완전히 뒤로 젖혀져 있다는 사실을 깨달았다.

그리고 얼굴 위로 느릿느릿 스쳐 가고 있는 검이 자신의 미간을 찌르려고 하던 그 검이라는 사실도 더불어 깨달았다.

그때 그 검을 쥐고 있는 광세의 팔과 가까이 다가온 그자의 얼굴, 그리고 몸이 눈 아래로 보였다.

독고풍이 검에 찔리지 않았기 때문에 그자는 부딪칠 듯이 가까워지고 있었다. 그대로 놔둔다면 곧 두 사람은 강하게 부딪치고 말 것이다.

'걷어차야 한다!'

독고풍은 속으로 외쳤다. 이 상황에서는 손이나 석검보다는 발로 걷어차는 것이 빠르다.

하지만 또한 이 상황에서는 아무리 빠르게 걷어차도 부딪치는 것이 먼저일 것이다.

툭!

다음 순간 독고풍의 오른쪽 무릎이 부딪치기 직전인 광세의 앙가슴을 가볍게 올려 찍었다.

하지만 독고풍의 무릎으로 전해지는 느낌으로는 그저 살짝 닿는 정도일 뿐이었다.

그는 도대체 어떻게 해서 자신의 무릎이 광세의 가슴팍을 올려 찍었는지는 모르지만, 살짝 닿은 것 때문에 순간적으로 크게 실망했다. 그 정도로는 부딪치는 것을 모면하기 어렵기 때문이다.

슈우우—

그런데 다음 순간, 가슴팍을 살짝 찍힌 광세가 입에서 피를 뿜으며 몸이 새우처럼 구부러진 자세에서 허공을 향해 쏜살같이 튕겨져 쏘아 올라갔다.

"……"

독고풍은 칠팔 장 높이로 아스라이 솟구치는 광세를 어이없는 표정으로 올려다보았다.

바로 그 순간 그의 등과 옆구리를 강맹한 위력이 실린 검과 도가 찌르고 베어왔다.

쩌껑!

"흑!"

"컥!"

그러나 독고풍은 등과 옆구리에 스치듯이 나뭇가지가 닿은 듯한 느낌만을 받았다. 그런데 그의 뒤쪽과 옆쪽에서 답답한 신음성이 터졌다.

그가 급히 돌아보자 뒤쪽과 옆쪽의 광세가 둘 다 검과 도가 산산이 부서졌으며 도검을 쥔 오른팔이 팔꿈치까지 완전히 짓뭉개져서 피투성이가 된 상태고, 입에서는 뭉클뭉클 피를 토해내고 있었다.

그것은 마치 금강불괴인 독고풍의 몸을 평범한 고수가 도검으로 공격하다가 반탄력에 의해서 피해를 입은 것 같은 광경이었다.

그 광경을 보면서 독고풍은 마치 남의 일을 보듯 일순간 어리둥절한 표정을 지었다.

짧은 순간에 일어난 몇 가지 일들을 도저히 이해할 수가 없었기 때문이다.

참마인이나 쾌뢰검 검초식을 펼쳤는데 석검이 제멋대로 휘둘러지면서 빛과 광선을 만들어내는 것.

광세의 검에 미간을 찔릴 수밖에 없는 상황에서 고개를 뒤로 젖혀야겠다고 속으로 생각만 했을 뿐인데 실제 고개가 뒤로 젖혀져서 간단하게 검을 피한 것.

아무리 빨리 반응을 해도 광세의 몸과 부딪칠 수밖에 없었으며, 걷어차야 한다고 마음만 먹었는데 실제 무릎으로 그를 걷어찼고, 아주 살짝 걷어찼음에도 광세는 마치 전력 일장에 적중된 것처럼 훌훌 날아가 버린 것.

 그리고 강기가 실린 광세의 도검 앞에서는 독고풍의 금강불괴가 무용지물인데도 실제로는 그의 몸을 찌른 광세들의 도검이 부서졌고 오른팔이 짓뭉개졌다는 사실.

 도대체 그런 현상들을 어떻게 이해해야 하는지 독고풍은 머리가 멍해졌다.

 그 순간 퍼뜩 그의 머리를 강타하는 것이 있었다.

 '마음?'

 방금 전까지 벌어진 일들 중에 두 가지는 그가 단지 마음만 먹었을 뿐인데 실제 그대로 행해졌다. 그는 그 사실을 떠올린 것이다.

 순간 그는 자신의 옆구리를 베려다가 오른팔이 짓뭉개진 광세를 보면서 버럭 속으로 외쳤다.

 '죽인다!'

 그러나 어찌 된 일인지 아무런 일도 일어나지 않았다. 그는 우두커니 서 있고, 오히려 두 명의 광세는 왼손으로 그를 공격하려 하고 있었다.

 그렇지만 그는 서둘지 않았다. 방금 전에 광세들이 공격하다가 팔이 짓뭉개지는 것을 봤기 때문이다. 그는 좀 더 구체적인 생각을 하기로 했다.

 '검으로 목을 자른다!'

 스으.

"끅!"

순간 광세가 답답한 신음을 흘렸다. 단지 그것뿐이다.

아니, 한 가지 달라진 것이 있다면 석검을 움켜쥔 독고풍의 오른팔이 방금 광세의 목을 자른 듯한 자세를 취하고 있다는 사실이었다.

그러나 독고풍은 석검을 휘두르지 않았다. 아니, 어쩌면 휘둘렀는데도 자신이 알아차리지 못했을지도 모른다.

원래 인간의 오감(五感)은 유한(有限)하다. 즉, 한계가 있다는 것이다.

너무 느리거나 빠르면 육안으로 구별하지 못하고, 너무 작거나 큰 소리는 청각이 구별하지 못한다.

그런 이유로 독고풍이 석검을 휘둘렀는데도 너무나 빨라서 눈이 미처 보지 못했을 수도 있는 것이다.

빽!

그때 독고풍의 옆에서 둔탁한 음향이 터졌다. 마지막 남은 광세의 머리가 박살이 나는 소리였다.

막 그자에게 검을 휘두르려던 적멸가인과 자미룡은 즉시 위를 올려다보았다.

허공 사 장 높이에서 한 명의 선녀 같은 여인이 스르르 하강하고 있는 것이 보였다.

독고풍을 뒤따라온 옥조다. 그녀는 이곳에 도착하자마자 광세 한 명이 독고풍 뒤에서 공격하는 것을 발견하고 앞뒤 생

출신입화지경(出神入化之境) 145

각할 것 없이 즉시 일장을 발출한 것이다.

독고풍은 깊은 생각에 잠긴 표정으로 깃털처럼 가볍게 지상에 내려섰다.

뒤이어 그의 곁으로 적멸가인과 자미룡, 그리고 옥조가 분분히 내려섰다.

적멸가인과 자미룡은 크게 놀라고도 흥분한 얼굴로 독고풍을 바라보았다. 그가 방금 전에 보여준 몇 가지 일들이 신기에 가까웠기 때문이다.

그러나 두 소녀는 깊은 생각에 잠겨 있는 독고풍에게 함부로 말을 걸 엄두를 내지 못하고 잠시 바라보다가 이윽고 옥조를 쳐다보았다.

눈부신 미모의 소유자인 옥조를 보는 두 소녀의 눈에 경계의 빛이 떠올랐다. 그것은 여자들만이 느낄 수 있는 본능적인 경계심이다.

적멸가인과 자미룡은 옥조를 응시하면서 똑같은 생각을 하고 있었다.

독고풍이 신기나 다름없는 능력을 보여주었다. 그것은 그의 공력이 증가했다는 뜻이고, 그러므로 내단을 용해했다는 것을 의미한다.

그런데 처음 보는 아리따운 여인이 나타나서 독고풍 곁에 다소곳이 서 있다.

결론은 하나. 독고풍이 이 여인의 순음지기로 내단을 녹였을 것이라는 추측이다.
 두 소녀도 익히 알고 있는 바지만, 순음지기를 얻으려면 상대 여자가 처녀지신이라야만 하고, 그녀와 정사를 해야 하며, 정사를 하면서 그녀를 흥분시켜서 절정에 도달하게 만들어야만 한다.
 여자는 사랑하는 남자가 다른 여자에게 자신에게 잘해주었던 것과 똑같은 행동을 했을 때 가장 큰 질투를 느낀다.
 적멸가인과 자미룡은 독고풍과 옥조를 번갈아 쳐다보면서 자신들도 모르게 표정이 점차 착잡해졌다.
 여태까지의 관례로 봤을 때, 독고풍과 정사를 한 여자는 반드시 그의 부인이 됐다.
 그렇다면 지금 두 소녀가 보고 있는 이 여자도 독고풍의 부인이 될 것이다.
 지금까지의 부인이 네 명인데 다시 한 여자를 얻으면 다섯 명이 된다.
 옥조를 바라보는 적멸가인과 자미룡의 마음은 그리 편하지가 않았다.
 이것은 부인이 많다, 적다의 문제가 아니다. 지금까지 독고풍의 부인이 된 네 소녀는 서로 잘 알고 있는 사이다.
 또한 부인이 되기 전에 어느 정도 친숙해질 수 있는 시간과 단계를 거쳤다.
 뿐만 아니라 새로운 부인을 맞이하기 전에 부인들의 동의를 얻었다.

 그런데 이 여자는 생전 처음 보는 사람이다. 적멸가인과 자미룡은 은예상이나 요마낭도 이 여자를 본 적이 없을 것이라고 단정했다.

 독고풍이 부인을 얻는 데 반드시 기존 부인들의 동의를 얻을 필요는 없다.

 하지만 여태까지의 관례로 봤을 때 부인들의 동의를 얻는 것이 암묵적인 약속이었다.

 독고풍이 정말 이 여자를 다섯 번째 부인으로 맞이할 것이라면 그에 따른 충분한 해명이 있어야 할 것이다.

 만약 네 명의 부인을 납득시킬 만한 해명이 없다면 약간의 문제가 발생할는지도 모른다.

 다섯째 부인을 받아들일 수 없다는 것이 아니다. 일단 독고풍이 부인으로 삼겠다고 하면 누구도 거부할 수 없다.

 하지만 기존 네 명의 부인과 독고풍 사이의 신뢰와 여러 끈끈한 정이 균열을 일으킬 수가 있다. 그것까지는 독고풍도 어쩌지 못할 것이다.

 그때 생각을 마친 독고풍이 적멸가인과 자미룡을 쳐다보며 지시했다.

 "정아, 진아, 정리 좀 해라."

 독고풍은 무적금위사와 마종철위대 여고수들이 동료들의 시체들을 따로 한쪽에 가지런히 눕히고 부상자들을 부축하여 옮기는 광경을 착잡한 얼굴로 바라보고 있었다.
 적멸가인과 자미룡의 얼굴에 언뜻 섭섭한 기색이 떠올랐다.
 외출에서 돌아온 독고풍이 옥봉원에서의 생사혈전을 진두지휘한 자신들에게 최소한의 치하나 따스한 위로의 말이라도 해줄 것으로 기대했던 것이다.
 그렇지만 독고풍은 치하나 위로는커녕 낯선 여자를 소개하지도 않고 대뜸 명령부터 내렸다.
 심지 깊은 적멸가인의 얼굴에도 설핏 섭섭한 기색이 떠올랐는데, 물불 가리지 않는 성격의 자미룡이야 여북하겠는가.
 아닌 게 아니라 자미룡의 얼굴에는 불만의 표정이 역력했고, 당장이라도 폭발할 것처럼 두 주먹을 꼭 움켜쥐고 있었다.
 하지만 그녀는 적멸가인이 예상하는 것처럼 독고풍에게 대들거나 따지지는 않았다.
 그녀는 독고풍의 수하였던 때와는 다른 침착함을 보여주고 있었다.
 지금의 그녀는 독고풍의 넷째 부인이다. 부인으로서의 덕목을 갖추려고 부단히 노력하고 있는 것이 적멸가인의 눈에도 역력하게 보였다.

第百三章
중원을 구하기 위해서

적멸가인과 자미룡이 이끄는 무적금위대와 마종철위대의 목숨을 건 사투 덕분에 은예상과 요마낭, 단예소는 털끝 하나 다치지 않을 수 있었다.

그러나 그 대가는 지나치게 컸다.

무적금위사 여덟 명이 죽고 마종철위대 여고수 백사십칠 명이 불귀의 객이 됐다.

완전히 허를 찔렸다. 십팔광세가 설마 독고풍이 녹천신왕을 만나는 장소와 옥봉원의 위치를 알아내서 동시에 급습할 줄은 전혀 예상하지 못했다.

이번 일을 계기로 독고풍은 크게 깨달은 바가 있었다.

그것은 무인의 길을 걷는 한 단 한시도 방심해서는 안 된다는 것과, 대천신등의 정보력이 예상보다 훨씬 세밀하고 정확하다는 사실이다.

그는 적멸가인과 자미룡에게 뒷마무리를 지시하고, 은예상과 요마낭, 단예소에게 잠깐 얼굴을 비춘 후 곧장 연공실로 들어갔다.

지금 그의 머릿속에 꽉 들어차 있는 생각, 즉 내단을 녹인 이후의 결과를 확인하기 위해서다.

석대 위에 가부좌의 자세로 앉아 연이어 세 차례 운공조식을 마친 독고풍은 천천히 눈을 떴다.

운공조식으로 그는 몇 가지 사실을 확인했다.

뱃속에서 내단이 느껴지지 않았다. 옥조와의 정사로 내단은 분명히 모두 용해됐다.

그런데 그로 인해서 얼마나 공력이 증진되었는지 도무지 알 수가 없다.

아니, 단전에 축적되어 있는 공력의 존재 자체가 추호도 느껴지지 않았다.

그리고 예전에 운공조식을 하면 전신 혈맥을 도도하게 흐르던 공력마저도 느낄 수가 없다.

그 대신에 다른 것이 느껴졌다. 평온함이다. 그저 평온한 것이 아니라 '절대적인 평온'이다. 운공조식을 하면 할수록 더 깊은 평온이 느껴졌다.

절대적정(絶對寂靜).

적정이란 해탈(解脫)이라고도 한다. 해탈은 생의 모든 얽매임을 벗어던지고 일체 번뇌를 푸는 것을 말한다.

그러나 반드시 도(道)와 불(佛)을 통해서만 해탈에 도달할 수 있는 것이 아니다.

무도(武道)로도 해탈지경에 이를 수 있는데, 그것은 도나 불을 통하는 것보다 몇 배나 더 어렵다고 알려져 있다.

도나 불로써 해탈지경에 이르는 것이 일만 척 높이의 산을 넘는 것이라고 한다면, 무도로써 도달하는 것은 삼만 척의 산을 넘어야 하는 것에 종종 비교되기도 한다.

그래서 도나 불을 통한 열반(涅槃)의 경지를 해탈이라 하고, 무도를 통한 해탈을 절대적정이라고 달리 부른다.

길이 다른 만큼 결과가 달라지는 것은 당연하다. 해탈이 오직 정신적인 것인 데 반해서, 절대적정은 심신(心身)을 모두 아우른다.

즉, 정신만 자유로워지는 것이 아니라 육체 또한 일체의 고통과 노력과 수고, 그리고 생로병사에서 완전하게 자유로워지는 것이다.

독고풍은 지금과 같은 절대평온, 즉 절대적정 같은 것을 예전에는 단 한순간도 느껴본 적이 없었다.

정신뿐만 아니라 몸도 아주 편했다. 석대 위에 앉아 있는데도 체중의 무게감이 전혀 느껴지지 않았고 뭐라 표현할 수 없을 만큼 편안했다.

'흠! 내단이 다 녹아서 뭔가 이루긴 이룬 모양이로군.'

이윽고 독고풍은 내심 중얼거리면서 오른손을 들어 어깨의 석검을 잡았다.

무위가 어느 정도 높아졌는지 정확하게 확인하려면 실제로 무공을 전개해야만 한다.

그러나 그는 석검을 반쯤 뽑다가 다시 꽂고 손을 내렸다. 아까 광세들과 싸울 때 일어났던 일이 생각난 것이다.

마음을 먹는 것, 즉 '의지' 만으로 무공이 전개됐던 것을 지금 확인해 보고 싶었다.

그는 한차례 크게 심호흡한 후 천천히 공력을 끌어올리다가 피식 실소를 흘렸다.

여태까지 세 차례 운공조식을 하는 동안 굳이 공력을 끌어올릴 필요가 없었다는 사실을 확인하고서도 평소의 버릇이 그대로 나왔기 때문이다.

'혈옥섬강.'

그는 중얼거리지도 않고 머릿속에서 그렇게 생각만 하면서 정면 삼 장 거리의 석벽을 주시했다.

순간 그에게서 무언가 흐릿하면서도 투명한 핏빛 빛이 번쩍하고 발출됐다.

아니, 그것은 발출됐다기보다는 그의 몸이 가볍게 빛났다는 표현이 옳았다.

 꽝!

 그 순간 전면의 석벽에서 짧고 간결한 폭음이 터졌다.

 그리고 그곳에 주먹 크기의 둥근 구멍 하나가 뚫렸다. 자국이 아니라 구멍인데 그 깊이는 무려 일 장이다.

 손바닥 자국이 찍히지 않은 것은 독고풍이 장력을 사용하지 않았기 때문이다.

 이곳 지하 연공실 석벽은 천하에서 가장 단단한 암석 중 하나인 청강석(靑剛石)이고 두께는 한 자 반. 이곳이 지하 오 장 깊이이기 때문에 석벽 너머는 땅속이다.

 방금 일장은 석벽 한 자 반을 완전히 관통하고 땅속까지 뚫고 들어가 버린 것이다.

 그 정도 위력의 공력이라면 구태여 몇 갑자라고 표현하는 자체가 우매한 짓이었다.

 방금 독고풍은 전력을 다하지도 않았다. 전력을 다할 수도 있었지만 그랬으면 석실 전체가 붕괴할지도 모르는 일이기 때문이다.

 '참마인.'

 그때 그는 다시 머릿속으로 생각했다. 그리고 이번에는 아예 눈을 감아버렸다. 그리고는 뒤쪽 한곳을 염두에 두었다.

 쩌억!

 흠뻑 물먹은 채찍으로 석벽을 갈긴 듯한 음향이 터진 것은 그가 머릿속으로 '참마인'이라고 생각한 것과 동시에 벌어진 일이다.

석벽에 반 자 길이의 세로의 검흔이 새겨진 방향은 독고풍의 뒤쪽 좌측 바닥에서 일 장 높이다.

검흔의 깊이는 한 자 반. 정확하게 석벽만을 쪼갰다.

그는 구태여 검흔을 눈으로 확인하지 않아도 어떤 결과가 발생했는지 훤하게 알고 있었다.

뭐라고 딱히 설명할 수는 없지만, 방금 전에 쩌억! 하는 소리만 듣고도 석벽에 어떤 형태의 검흔이 새겨졌는지 알 수 있었다.

그는 눈을 감은 채 하나의 구결을 떠올렸다. 그 초식은 무적사마영의 우두머리인 원진이 가르쳐 준 것이다. 오악도의 사대종사도 구결을 모르고 있던 대마종의 절학 중의 정수(精髓)라고 할 수 있는 것이다.

일순 독고풍이 번쩍 눈을 떴다. 그리고 그의 입에서 짧은 외침이 터져 나왔다.

"대마파천황(大魔破天荒)!"

순간 그의 온몸이 찰나지간 번쩍 하고 투명한 혈광과 금광으로 물들었다. 혈광과 금광은 선명하게 태극무늬를 나타내고 있었다.

도오오!

다음 순간 그의 온몸에서 수십 개의 광선이 사방으로 한꺼번에 폭사되었다.

하나의 광선은 혈광과 금광이 반씩 섞였으며 정면에서 보면 투명하면서도 선명한 둥근 태극무늬를 이루고 있었다.

쫘르르릉!

온몸에서 수십 개의 광선이 폭사되는 것과 같은 순간 사방 석벽에서 천번지복의 굉렬한 폭음이 터졌다.

석실 내에는 뽀얀 돌가루가 안개처럼 퍼져서 한 치 앞도 보이지 않았다.

이윽고 돌가루가 가라앉자 실내의 광경이 드러났다.

독고풍은 천천히 전면과 좌우의 석벽을 둘러보았다. 사방 석벽에는 수십 개의 동전 크기의 둥근 구멍들이 빼곡하게 뚫렸으며, 그 깊이는 한결같은 일 장이다.

수십 개의 구멍은 정확하게 서른아홉 개다. 그가 머릿속으로 정확한 방향과 수를 생각하지 않았기 때문에 대마파천황이 무작위로 쏟아져 나간 것이다.

만약 머릿속으로 한곳을 목표로 지정했다면 서른아홉 개의 광선이 하나로 뭉쳐서 뿜어졌을 것이다.

태극 광선 하나가 청강석에 일 장 깊이 구멍을 뚫었는데 그것들 모두가 하나로 뭉치면 과연 어느 정도 위력을 발휘하겠는가.

더구나 방금 독고풍은 전력을 가하지도 않았다. 만약 전력으로 대마파천황을 전개했다면 그는 무너진 석실에 매몰됐을

지도 모르는 일이었다.

'천마신위강을 완성했다.'

그는 속으로 중얼거렸다. 얼마 전의 그는 육식귀원의 경지에서 천마신위강을 칠성까지 이루었었다.

그런데 내단이 완전히 용해됨에 따라서 자연히 천마신위강을 대성하게 된 것이다.

독고풍의 아버지 마군황은 천마신위강을 팔성까지 연성하고서도 그 당시 중원무림에 적수가 없었다.

천마신위강은 신공으로써 그 지체로 가공할 위력을 지니고 있으나 별개의 세 개의 초식을 지니고 있다.

일초식이 쾌비곤이고, 이초식이 대마파천황이며, 삼초식이 천지파멸(天地破滅)이다.

독고풍은 일초식 쾌비곤을 오악도에서 삼절마제에게 배웠지만, 이초식 대마파천황과 삼초식 천지파멸은 얼마 전에 원진에게 전수받았다.

그는 천마신위강 최고의 정수인 천지파멸을 시험해 보고 싶은 생각이 있었으나 참기로 했다.

원진의 설명에 의하면, 천마신위강을 십이성 대성한 상태에서 천지파멸을 전개하면 말 그대로 천지가 파멸하는 것 같은 결과가 초래된다고 했다.

이곳에서 천지파멸을 시험했다가는 석실이 아예 폭삭 무너질 것 같아서 참을 수밖에 없다.

나중에 적당한 장소, 적당한 시기에 시험해 봐야 할 것이다.

독고풍은 자신의 능력을 더 이상 시험해 보는 것이 시간낭비라는 생각이 들었다.

그는 자신이 어떤 경지에 이르렀는지 정확하게는 몰라도 대충은 알게 되었다.

누구에게 자랑할 것도 아닌데 구태여 정확한 경지를 알아서 무엇 하겠는가.

자신의 경지를 알든 모르든 천마신위강을 대성했다는 사실은 변함이 없을 것이다.

더구나 지금은 그렇게 한가한 때가 아니다. 가장 중요한 일은 역시 중원무림의 연합 세력을 하나로 모으고 단시간에 막강하게 만드는 것이다.

그러기 위해서는 아직 할 일이 몇 가지 남아 있다.

그는 석대에 가부좌로 앉은 자세에서 석문을 쳐다보지도 않고 이곳에서 나가야겠다고 생각했다.

스으.

다음 순간 그의 몸은 어느새 석문 앞에 이르러 있었다. 석대에서 석문까지의 거리는 삼 장여. 몸을 날리지도 않았고 쏘아가지도 않았다.

단지 석문으로 가야겠다고 생각하는 순간 몸은 이미 석문 앞에 이르러 있었다. 그것은 마치 공간을 이동한 것 같은 광경이었다.

"어엇?"

하지만 그는 여전히 가부좌의 자세였고, 몸의 뒷부분이 석문을 향해 부딪쳐 가고 있어서 자신도 모르게 입에서 외침이 터져 나왔다.

그러나 석문하고 충돌하는 불상사는 일어나지 않았다. 충돌 직전에 속도가 갑자기 느려졌으며 가부좌의 자세가 저절로 풀어지면서 몸이 빙글 반 바퀴 회전하며 두 발이 사뿐히 바닥을 밟았다.

무의식은 의식의 연장선에 있다. 그러므로 그의 심신은 무의식에 의해 조종될 수도 있는 것이다.

이로써 그는 순전히 자신의 생각, 즉 의지만으로 언제 어떤 상황 하에서도 무공을 전개할 수 있다는 사실을 깨달았다.

이른바 천마부동심공(天魔不動心功)의 완성인 것이다.

독고풍은 옥조에게 다시 한 번 놀랐다.

독고풍이 지하 연공실에 머문 두어 시진 남짓한 동안에 그녀는 그의 여자들과 완벽하게 동화를 이루었다.

놀랍게도 옥조는 은예상을 비롯한 네 명의 부인들하고는 물론이고 어머니 단예소하고도 마치 오랫동안 알고 지낸 사이처럼 절친해져 있었다.

그녀가 사용한 방법은 두 가지였다. 자신을 한없이 낮추는 것과 두 시진 동안 재미있는 이야기들을 끊임없이 쏟아내는 것이었다.

 자신을 낮춘다는 것은 반대로 상대를 높이고 존중하는 것이다. 또한 재미있는 이야기는 하루 종일 들어도 질리지 않는 법이다.

 이 두 가지를 싫어하는 사람은 세상에 아무도 없을 터이다.

 더구나 사람들은 그 두 가지를 겸비한 사람이 나쁜 사람일 것이라고는 생각하지 않는다.

 여북했으면 처음에 옥조를 달갑게 여기지 않던 적멸가인과 자미룡마저도 그녀에게 흠뻑 매료되어 누구보다도 큰 소리로 웃으며 즐거워했다.

 독고풍은 실내로 들어서면서 그런 화기애애한 분위기를 접하고는 기분이 좋아서 벙글벙글 웃었다.

 그는 무딘 사람이라서 아까 적멸가인과 자미룡이 옥조를 경계했었다는 것과 두 소녀가 독고풍 자신에게 섭섭해했었다는 사실을 조금도 눈치채지 못했다.

 은예상을 비롯한 소녀들과 단예소는 어느덧 옥조를 다섯째 부인으로 인정하고 있었다. 이제 최종적으로 독고풍이 결정만 내리면 되는 것이다.

 언제나 그랬던 것처럼 은예상과 단예소는 나란히 함께 앉아 있었다.

 두 사람이 친 모녀 이상으로 사이가 좋다는 사실은 누구나 다 알고 있는 사실이다.

독고풍은 실내로 들어와서 두리번거리지도 않고 곧장 은예상과 단예소에게 다가갔다.

누가 뭐래도 그가 여자로서 가장 사랑하는 사람은 은예상이다. 다른 소녀들은 그 사실을 잘 알기 때문에 감히 자신들과 은예상을 비교하려 들거나 질투하지 않았다.

그랬다가는 자신만 비참한 심정이 되고 말 것이고, 또한 독고풍이 모두에게 골고루 사랑을 베풀기 때문에 구태여 그럴 필요가 없었다.

독고풍이 다가오자 단예소는 치마를 정리하면서 다리를 넓게 벌려서 그가 앉을 자리를 마련해 주었다.

"다녀왔습니다, 어머니."

쪽!

독고풍은 단예소의 두 뺨을 잡고 입을 맞춘 후에 그녀 앞에 앉아 그녀의 가슴에 등을 기댔다.

단예소는 두 팔로 아들의 허리를 꼭 끌어안으며 무척이나 행복한 표정을 지었다.

그러고 나자 은예상이 일어나 독고풍의 무릎에 살며시 걸터앉아 허리를 약간 비틀어 두 팔로 그의 목을 안았다.

쪽!

독고풍은 은예상에게 입을 맞추고 나서 엉덩이를 쓰다듬으며 미소 지었다.

"잘 지냈지?"

"네."

은예상은 그의 뺨에 자신의 뺨을 부드럽게 비비며 행복한 얼굴로 대답했다.

독고풍이 자리를 잡자 적멸가인과 자미룡이 의자를 들고 다가와 그의 좌우에 앉았다. 오랫동안 그래 왔다는 듯 익숙한 동작이다.

적멸가인은 요마낭을 안고 있었다. 요마낭은 처음 소생했을 때보다는 많이 좋아졌으나 여전히 깡마르고 초췌한 모습이 남아 있었다.

요마낭은 변을 당하기 전까지 적멸가인과 특별히 친했었다. 적멸가인이 독고풍의 부인이 되기 전에 그녀를 가장 많이 괴롭힌 사람이 요마낭이었고, 적멸가인은 부인이 되고 난 후에 요마낭에게 쓴소리를 거침없이 해서 그녀의 마음을 많이 다치게 했다.

그런 태풍이 지나간 후에 두 소녀는 누구보다 친해졌다. 원래 사람이란 치열하게 다투고 나서 더 친해지는 법이다.

적멸가인은 요마낭을 무릎 위에 안고 있다가 번쩍 들어서 독고풍 쪽으로 내밀었다.

독고풍은 어머니와 아내들이 모두 한자리에 모여 있을 때에는 어머니부터 입맞춤을 하고 나서 그다음에는 순서대로 입을 맞춰준다. 물론 그것은 그가 만든 습관이고 모두들 기꺼이 따라주었다.

그런 순서에 의하면 은예상 다음은 요마낭 차례이기 때문에 적멸가인이 그녀를 내민 것이다.

요마낭의 수척한 얼굴이 발갛게 물들었다. 그녀는 그런 습관을 모르고 있었는데 적멸가인이 그녀를 독고풍에게 내밀면서 전음으로 슬쩍 일러주었던 것이다.

"하하! 이리 와라, 낭아."

독고풍은 환하게 웃으면서 요마낭을 반짝 들어 올렸다.

은예상이 그의 뜻을 알아차리고 얼른 한쪽 무릎을 비워주었고, 그는 요마낭을 자신의 무릎에 앉혔다.

"밥 많이 먹고 있니?"

"네."

"고기 많이 먹고 얼른 살쪄라."

"네."

그는 요마낭의 앙상한 허벅지 안쪽을 더듬다가 옥문을 만지작거리면서 벙긋 웃었다.

"예전처럼 살이 붙어 건강하고 예뻐져서 우리 그거 제대로 한번 해보자. 응?"

난데없는 말에 요마낭은 화들짝 놀라 얼굴이 노을처럼 붉어지며 고개를 푹 숙였다.

그는 어머니와 여러 아내가 있는 자리에서도 말과 행동에 거리낌이 없었다.

예의를 배우지 못한 탓도 있지만, 이곳에 있는 사람들이 겨

레붙이 이상으로 친밀하기 때문이다.

예전의 요마낭은 독고풍이 자신의 몸이나 은밀한 곳을 만져 주면 노골적으로 흥분을 하면서 다리를 벌리고 품속으로 파고들면서 더 해달라는 등 몹시 적극적이었다.

그런데 지금은 부끄러움을 감추지 못하고 고개를 자꾸만 깊숙이 숙였으며 다리를 자꾸 오므렸다.

그러면서도 자신이 정식으로 독고풍의 둘째 부인이 됐다는 사실을 확인하며 마음은 더없이 행복했다.

독고풍은 요마낭의 뼈만 남은 허벅지 깊은 곳에서 손을 빼지 않은 채 적멸가인과 자미룡에게도 입맞춤을 해주었다.

마지막으로 옥조가 남았다. 그녀는 저만치 뚝 떨어진 곳에 다소곳이 서서 옷자락을 만지작거리며 독고풍의 눈치만 핼끔핼끔 봤다.

독고풍이 턱으로 옥조를 가리키며 모두에게 말했다.

"쟤는 옥조다. 어머니와 너희들이 찬성하면 내 부인으로 맞이하고 싶다."

옥조는 독고풍의 직설적인 말에 화들짝 놀라 얼굴을 붉히며 안절부절 어쩔 줄을 몰라 했다.

그런 그녀를 독고풍은 사랑스러운 눈빛으로 쳐다보았.

밤과 아침, 그리고 낮에 걸쳐서 질리도록 정사를 할 때에는 더없는 요부더니 평상시에는 작은 것에도 부끄러워서 어쩔 줄 모르는 순둥이라는 사실이 독고풍의 마음에 들었다.

모름지기 여자란, 침상 위에서는 할 짓 못할 짓 구별없이 흐벅지게 뒹굴어야 하고, 낮에는 단정하게 행동해야 한다는 것이 뒤늦게 정립된 독고풍의 지론이었다. 그런 점에서 옥조는 만점짜리 마누라였다.

은예상은 단예소를 바라보았다. 단예소가 집안의 제일 웃어른이기 때문에 그녀에게 결정권을 일임하는 것이다. 이미 옥조를 받아들이는 분위기가 무르익었으나 그래도 결정적인 말이 필요했다.

단예소는 가만히 은예상의 손을 잡고 씁쓸하게 그녀의 얼굴을 바라보았다.

단예소 역시 첫째 며느리인 은예상을 가장 마음에 들어하기 때문에 호색한인 아들을 대신해 미안한 마음을 금할 길이 없었다.

은예상은 단예소의 마음을 십분 이해하는 듯 자신은 괜찮다고 부드러운 눈빛으로 말해주었다.

단예소는 보일 듯 말 듯 고개를 끄덕이고는 독고풍의 널찍한 어깨너머로 옥조를 보며 조용히 입을 열었다.

"이리 가까이 오너라."

옥조는 머뭇거리더니 이윽고 용기를 내서 긴 치마를 사륵사륵 끌면서 조심스럽게 다가와 독고풍 앞에 다소곳이 서서 고개를 숙였다.

"옥조라고 했느냐?"

"네, 어머니."

단예소의 물음에 옥조는 작은 목소리로 그러나 또렷하게 대답했다.

"몇 살이냐?"

"스물이에요."

동갑나기인 독고풍과 은예상, 적멸가인, 자미룡이 올해 열아홉 살이 되었고, 요마낭이 열여섯 살이니 옥조가 가장 나이가 많았다.

그래 봐야 한 살이다. 요마낭보다 세 살이나 많은 적멸가인과 자미룡이 그녀를 깍듯하게 둘째 언니로 대접하는 마당에 한 살 많은 옥조가 네 소녀를 언니로 받들지 못할 이유가 없는 것이다.

단예소는 두 팔로는 독고풍의 허리를 꼭 끌어안고 턱을 그의 어깨에 가볍게 얹은 채 은예상과 적멸가인, 요마낭, 자미룡에 대해서 간략하게 설명해 주고 나서 당부의 말을 잊지 않았다.

"우리 가족의 가장 큰 바람은 화목과 우애다. 그것을 깨는 것만은 누구라도 용서하지 않는다. 네가 풍아의 다섯째 부인으로 우리의 가족이 됨으로써 화목과 우애를 더욱 돈독하게 다질 수 있겠느냐?"

옥조는 우아한 동작으로 그 자리에 엎드려 큰절을 올리고 나서 차분한 목소리로 입을 열었다.

"소녀 목숨을 바쳐서 낭군님과 어머니, 네 분 언니를 받들어 모시겠나이다. 미흡한 점이 있으면 부디 매를 쳐서라도 가르쳐 주세요."

그녀의 말은 누가 들어도 진심이 듬뿍 담겨 있어서 독고풍과 단예소, 네 명의 부인은 흡족한 마음이었다.

아니, 요마낭은 제외다. 어느새 독고풍의 손이 그녀의 괴춤으로 들어가 옥문을 만지작거리고 있었기 때문에 그녀는 제정신이 아닌 상태였다.

몸이 완전히 회복되지 않은 상태인데도 그녀의 옥문은 건강했을 때 이상으로 정직하게 반응하고 있는 것이다.

단예소는 고개를 끄덕였다.

"옥조를 풍아의 다섯째 부인으로 맞이하는 것에 대해서 나는 찬성한다."

그러자 기다렸다는 듯이 은예상과 적멸가인, 자미룡이 찬성의 뜻을 표했다.

단지 요마낭만이 아무 말도 하지 않은 채 얼굴을 독고풍의 가슴에 묻고 오들오들 몸을 떨고 있을 뿐이다.

소녀들은 독고풍의 손이 요마낭의 괴춤에 들어가 꼼지락거리고 있는 것을 봤지만 아무렇지도 않은 얼굴들이다.

적멸가인이 요마낭을 대신해서 대답해 주었다.

"둘째 언니도 찬성이에요."

"나도 찬성."

묻지도 않은 독고풍이 헤벌쭉 웃으면서 고개를 끄덕였다.

이어서 그는 요마낭의 괴춤에서 손을 빼고 그녀를 등에 업으면서 일어섰다.

"잠시 수하들을 둘러보러 가야겠다. 정아와 진아는 날 따라오너라."

방금 다섯째 부인을 얻어서 다분히 느즈러진 마음일 텐데도 그는 지금 이곳의 분위기와는 전혀 다른 문제를 꺼내면서 훌훌 털고 일어섰다.

그는 어느새 공과 사를 구분하고, 길함과 흉함을 두루 아우르려는 지존의 덕목을 갖추어가고 있었다.

그때부터 독고풍은 요마낭을 업고 좌우에 적멸가인과 자미룡을 거느리고는 부상을 당한 무적금위사들과 마종철위대 여고수들을 일일이 찾아다니면서 손수 치료를 해주고 위로를 하느라 어느덧 밤을 맞이했다.

부상자들은 방주에게 직접 치료와 위로를 받고는 감격하여 어쩔 줄을 몰라 했다.

독고풍이 수하들의 죽음과 부상을 얼마나 비통해하는지 모두들 잘 알고 있기에 오히려 수하들이 방주를 위로하는 진풍경이 벌어지기도 했다.

이번 다섯 명 광세의 급습으로 인해서 무적금위사 여덟 명과 마종철위대 백사십칠 명, 도합 백오십오 명이 죽었으며,

중원을 구하기 위해서 171

오십삼 명이 중상을, 그리고 나머지 대부분이 경상을 입는 막대한 피해를 당했다.

독고풍은 생존자들에게 금 오백 냥씩을 내리고, 죽은 수하의 가족이나 연고자에게 금 천 냥씩을 보내고, 그리고 죽은 수하들을 후하게 장례를 치르라고 명령했다.

이어서 그는 옥봉원의 가장 너른 마당에 큰 불을 피우게 하고 모든 수하들을 그곳으로 모아 연회를 열도록 했다.

그리고는 연회 준비가 될 때까지 천천히 정원을 거닐었다.

"이럴 때는 말이야……."

정원을 거닐다가 걸음을 멈추고 한동안 말이 없던 독고풍이 천천히 고개를 들어 밤하늘을 바라보면서 중얼거렸다.

"대천신등을 치러 가는 것이나 천하 제패 같은 것들을 다 때려치우고 싶어."

뒤따르던 적멸가인이나 자미룡, 그리고 업혀 있는 요마낭은 난데없는 말에 깜짝 놀랐다.

언제나 자신감에 가득 차 있는 독고풍의 입에서 설마 그런 말이 나올 줄은 몰랐기 때문이다.

적멸가인은 그가 무엇 때문에 심경의 변화가 일어났는지 짐작하기 때문에 뭔가 생각하는 표정으로 가만히 있었다.

하지만 그런 것을 짐작조차 하지 못하는 자미룡은 쪼르르 독고풍 앞으로 달려가서 동그랗게 뜬 눈으로 그를 바라보며 의아한 듯 물었다.

"풍 랑, 왜 그런 말씀을 하세요?"
"수하들이 자꾸 죽는 게 싫다. 더 이상 못 보겠어."
"아……."
자미룡은 적잖이 놀란 얼굴로 독고풍을 바라보았다.
"풍 랑."
평소에 독고풍이 수하들을 어떻게 대하고 또 생각하는지 잘 알고 있는 자미룡은 감격하여 코끝이 찡해지면서 눈앞이 부옇게 흐려졌다.
"나… 이런 것 다 그만두고 가족끼리 조용한 곳에 가서 행복하게 살면 안 될까?"
마음이 여리고 순수하며 다혈질인 자미룡은 이미 걷잡을 수 없이 눈물을 흘리고 있었다. 그녀는 독고풍의 가슴에 얼굴을 묻고 펑펑 울었다.
"흑흑흑! 그렇게 해요, 풍 랑! 못할 게 뭐가 있어요? 소녀는 풍 랑과 함께 있으면 지옥 불구덩이 속이라고 해도 행복할 수 있어요. 흑흑!"
자미룡과 같은 마음인 요마낭은 독고풍 등에 뺨을 대고 소리없이 눈물을 흘렸다.
수하들의 죽음 때문에 괴로워하는 그가 가련하고 그의 마음이 너무나 고결하다고 여긴 것이다.
"풍 랑, 그래서는 안 돼요."
그때 적멸가인이 차분하게 말문을 열었다.

자미룡이 울면서 적멸가인에게 항의했다.

"왜 안 된다는 거죠, 셋째 언니? 풍 랑께서 무림을 떠나 우리끼리 은거하고 싶다는데 안 될 것이 뭐가 있어요? 셋째 언니는 우리끼리 행복하게 사는 것이 싫어요?"

적멸가인은 정색을 하고 고개를 가로저었다.

"그게 아냐, 넷째."

그녀는 어두운 표정을 짓고 있는 독고풍에게 차분하게 설명하기 시작했다.

"풍 랑에겐 저희들과 무적규위대, 마종철위대 사람들 목숨만 소중한가요?"

독고풍은 시큰둥하게 되물었다.

"무슨 소리야?"

"이대 대마종인 풍 랑을 따르는 천하의 사독요마는 수만 명이에요. 그들의 목숨은 중요하지 않은가요?"

"당연히 중요하지. 그렇기 때문에 그들을 싸움으로 몰아넣어서 죽게 만들고 싶지 않은 거야."

적멸가인은 고개를 살래살래 저었다.

"틀려요."

"뭐가 틀려?"

"풍 랑께서 측근들만 이끌고 은거를 한 후에 무림에 무슨 일이 벌어질 것인지 한번 예상해 보세요."

독고풍은 대수롭지 않은 얼굴로 중얼거렸다.

"정협맹과 대동협맹이 알아서 하겠지. 그들이 힘을 모아 서장으로 가서 대천신등을 공격하거나, 그렇지 않으면 대천신등이 중원무림을 침공하게 되겠지. 그러면……."

그는 말끝을 흐렸다. 그다음에 벌어질 일이 눈에 선하게 떠올랐기 때문이다.

무적방이 가담하지 않은 상태에서는 연합 세력이 형성될 가능성이 적어질 것이다.

녹천신왕인 무옥은 순전히 독고풍의 영향력으로 연합 세력에 가담하겠다고 약속했는데 독고풍이 빠지면 무옥도 빠질 확률이 크다.

설혹 정협맹과 대동협맹이 연합 세력을 결성하여 서장으로 떠난다고 해도 그들만으로는 대천신등을 어떻게 하지 못할 것이다. 패배는 불을 보듯이 뻔한 일이다.

어찌 됐든 대천신등이 중원을 침공하는 것은 움직일 수 없는 현실이었다.

그렇게 되면 전쟁이다. 대천신등은 척박한 서장에서 비옥하고 풍요로운 중원으로 기반을 옮기려고, 중원은 뺏기지 않으려고 필사적으로 싸울 것이다.

중원무림에는 불도진명계와 강호유림계, 즉 진명유림만 있는 것이 아니다.

중원이라는 지붕 아래에는 사독요마도, 녹채박림도 함께 살고 있다.

자신들의 터전을 뺏기지 않으려면 사독요마와 녹채박림도 대천신등을 맞이하여 전쟁을 벌여야만 한다.

중원무림은 연합하지 못하고 각각 찢어진 상태에서 과거 이십여 년 전에 비해 훨씬 더 막강해진 대천신등과 싸우게 될 터이다.

뭉쳐도 상대가 되지 못할 텐데, 뿔뿔이 흩어진 상태로 싸우면 절대 대천신등을 물리치지 못한다.

결국 중원은 짓밟히고 사독요마는 전멸하게 될 것이다. 전내 대마종에 이어서 이대 대마종인 독고풍을 따르던 중원의 사독요마가 말이다.

그러므로 독고풍이 여자들만 데리고 은거를 하는 것은 중원의 전체 사독요마를 죽음의 구렁텅이로 밀어 넣는 것이나 다름없는 일이다.

독고풍은 눈앞의 일 때문에 감정이 격해져서 그런 단순한 결과를 예상하지 못했다.

"그런가? 내가 은거를 하면 결국 사독요마들이 떼죽음을 당하고 말겠군."

독고풍은 무거운 표정으로 중얼거렸다.

"그것뿐만이 아니에요."

"또 뭐가 있지?"

적멸가인의 말에 독고풍은 의아한 표정을 지었다. 그는 자신이 모르는 것이 있으면 상대가 누구든 간에 배우려는 자세가 되어 있었다.

"풍 랑은 사독요마의 생명만 중요하다고 생각하나요?"

"무슨 뜻이야, 그게?"

"중원무림에는 사독요마만 있지 않아요. 진명유림도, 녹채박림도 있어요."

독고풍은 고개를 가로저었다.

"그놈들은 내가 알 바 아니야. 나는 사독요마만 신경 쓰면 되는 거야."

적멸가인은 손가락을 하나씩 세우면서 설명했다.

"백 척 높이 산에 올라가 아래를 내려다보면 마을 하나가 보이고, 천 척 높이 산에서는 현 하나가 보이겠고, 만 척 높이 산 정상에서는 온 천하가 다 보이겠지요?"

"그렇겠지."

"풍 랑은 지금 백 척 높이 야트막한 산에서 마을 하나만 내려다보고 계시는 거예요."

"마을 하나……."

그는 조금 전에 자신이 말했던 것과 마을 하나라는 말을 연결시켜서 생각해 보았다.

"그렇다면 내가 낮은 산에서 사독요마만 내려다보고 있다는 말인가?"

독고풍이 총명하다는 것을 익히 알고 있는 적멸가인은 그가 스스로 깨달을 것이라고 짐작했다.

"그럼 만 척 높이의 산에서 굽어보면 진명유림과 녹채박림까지 다 보인다는 것이지?"

"그래요."

그는 깨달음의 한계를 느꼈다.

"그게 무슨 뜻이지? 다 보이는 것이 뭐 어떻다는 거야?"

"산의 높이는 사람의 덕망(德望)을 가리켜요."

"덕망이 뭐야?"

"덕(德)이란 마음이 어질고 큰 사람을 뜻해요. 덕망이란 그런 큰 덕을 지닌 인망(人望)이며, 많은 사람이 흠모하여 따르는 것을 뜻하죠."

"흠!"

독고풍은 고개를 끄덕였다. 하지만 곧 턱을 쓰다듬으면서 약간 투덜거리듯 말했다.

"내가 덕망이 부족해서 낮은 산에서 사독요마만 굽어보는 것이 뭐 어때서? 나는 사독요마만 챙기면 되잖아."

"중원이라는 거대한 세계를 이루고 있는 것은 사독요마만이 아니에요. 진명유림, 녹채박림과 함께 어우러져서 중원을 이루고 있지요."

"그건 그렇지."

"예로부터 천하를 커다란 솥[鼎]에 비유했어요. 솥의 다리는 세 개가 기본이에요. 만약 솥의 다리가 하나나 두 개뿐이라면 서 있지 못하고 쓰러질 거예요."

"그건 그래."

독고풍은 또 고개를 끄덕였다.

"현재 중원이라는 거대한 솥은 사독요마와 진명유림, 녹채박림이라는 세 개의 다리가 지탱하고 있어요. 이 셋 중에서 하나만이라도 없으면 솥은 쓰러져요. 다시 말해서 중원이 무너진다는 것이죠."

"흠!"

"중원은 사독요마만으로, 또는 진명유림이나 녹채박림만으로 지탱되는 것이 아니에요. 세 개의 다리가 굳건하게 제 역할을 다할 때 중원도 건재한 것이에요. 현재의 중원은 그런 삼자정립(三者鼎立)의 형세예요."

독고풍은 알 것도 같고 모를 것도 같은 표정을 지었다.

"풍 랑은 아버님께서 무엇 때문에 제이차 혼천대전에 사독요마를 이끌고 나가 대천신등과 싸우셨다고 생각하나요?"

"그야… 사독요마를 무림의 한 축계로 인정받기 위해서……."

"그렇지 않아요."

적멸가인은 고개를 살래살래 가로저었다.

"그게 아니면 무슨 다른 이유가 있는데?"

"예전에 태무천에게 들은 얘기가 있어요."

그녀는 과거 자신의 사부였던 인물의 이름을 아무렇지도 않게 불렀다.

중원을 구하기 위해서 179

"무슨 얘기야?"

"이십여 년 전의 중원무림에서 사마총혈계는 무림의 한 축계 이상의 확고한 기반을 갖추고 있었다고 해요. 그렇기 때문에 구태여 진명유림으로부터 무림의 축계로 인정받지 않아도 모든 사람은 이미 그렇게 받아들였다는군요. 그러니까 아버님께서 그런 조건을 내걸었던 것은 명분에 지나지 않고 실제 본뜻은 달리 계셨던 것이지요."

"본뜻? 그게 뭐지?"

처음 듣는 얘기에 독고풍은 진한 흥미를 느꼈다.

"그 당시에 태무천이 아버님께 '사마총혈계를 무림의 한 축계로 인정해 달라는 조건은 별 의미가 없다. 대천신등과 싸우려는 실제 진의가 무엇이냐?' 라고 물었대요."

"그랬더니?"

"아버님께선 '중원을 구하기 위해서' 라고 대답하셨대요."

"중원을 구하기 위해서……."

독고풍은 갑자기 마음이 엄숙해져서 나직이 중얼거렸다.

마군황이 사마총혈계를 무림의 한 축계로 인정받기 위해서 대천신등과 싸웠다면 그것은 오직 사독요마를 위한 싸움일 뿐이다.

그렇지만 '중원을 구하기 위해서' 라는 이유였다면, 진정한 대영웅인 것이다.

만약 마군황이 이끄는 사독요마가 대천신등과의 싸움에서

승리하고, 그가 말한 '중원을 구하기 위해서' 라는 진짜 이유가 무림으로 흘러나간다면 그는 무림사에 다시없을 대영웅이 되고 마는 것이다.

거기까지 생각이 미친 독고풍은 지그시 어금니를 악물며 두 눈이 이글거렸다.

"그러니까 태무천은 아버지가 진정한 무림영웅이 되는 것을 막으려고 별유선당의 흉계를 꾸몄던 것이로군?"

"그래요. 그 사실을 알게 되었기 때문에 북궁연과 제가 결정적으로 태무천을 배신한 계기가 됐던 거예요."

독고풍은 잠시 진중한 표정으로 생각에 잠겼다. 세 소녀는 조용히 그가 입을 열기를 기다렸다.

이윽고 그는 착 가라앉은 목소리로 말문을 열었다.

"그렇다면 나는 만 척 높이의 산꼭대기에 올라가서 천하를 굽어봐야겠군."

그는 주먹을 움켜쥐며 고개를 끄덕였다.

"그래, 서장에 가서 대천신등을 박살 내는 것밖에 없어. 그래서 놈들이 아예 중원에는 코빼기도 들이밀지 못하게 하는 거야. 진명유림이나 녹채박림 놈들은 마음에 들지 않지만 솥의 다리가 부러져선 안 되지."

이어서 적멸가인과 자미룡을 번갈아 쳐다보았다.

"응? 그렇지?"

"훌륭한 생각이에요."

"풍랑이 어딜 가셔도 소녀에겐 천당이에요."

"너는 어떠냐, 낭아?"

독고풍은 업고 있는 요마낭의 엉덩이 사이 계곡 속으로 손을 찔러 넣으며 물었다.

"아… 소녀는 무조건 찬성이에요."

요마낭은 몸이 딱딱하게 굳어서 두 팔로 독고풍의 목을 꼭 끌어안았다.

第百四章
대리통치(代理統治)

대맥종
大麥宗

옥봉원의 가장 넓은 마당 한가운데에 커다란 불이 피워졌고, 그 둘레에 크게 원을 형성한 채 독고풍과 그의 여자들, 그리고 무적금위대와 마종철위대의 부상의 정도가 가벼운 사람들이 땅바닥에 멍석을 깔고 둘러앉아서 푸짐한 술과 요리를 먹고 마시며 독고풍식 연회를 즐기고 있었다.

모두들 이런 연회에 익숙하기 때문에 상하 격의없이 큰 소리로 웃고 떠들었다.

독고풍의 멍석에는 은예상과 단예소, 적멸가인, 자미룡, 요마낭, 옥조가 모여 있다.

독고풍은 요마낭을 자신의 허벅지 위에 앉혀놓고 신나게

떠들며 웃다가 맛있는 고기를 집어 그녀의 입에 손수 넣어주면서 격려했다.

"낭아, 많이 먹고 어서 살쪄라, 응?"

그때 문득 그는 저만치 무적금위대와 마종철위대 사이 뒤쪽에 혼자 머뭇거리며 서 있는 한 사람을 발견했다.

그는 독고풍의 특별 명령으로 고향집에서 아내와 홀어머니, 자식들과 함께 십 년여 만의 밀린 회포를 풀다가 복귀한 곽필이었다.

독고풍은 곽필에게 손짓을 하며 외쳤다.

"어이! 곽필! 이리 오너라!"

그의 목소리가 워낙 컸기 때문에 사람들은 일제히 곽필을 쳐다보았다.

곽필은 쏜살같이 달려와서 독고풍 앞에 넙죽 엎드려 절을 올렸다.

"방주의 큰 은혜를 입고 속하 이제야 돌아왔습니다."

독고풍은 흐뭇하게 웃으며 고개를 끄덕였다.

"음, 가족들은 데리고 왔느냐?"

곽필은 허리를 펴고 무릎을 꿇은 채 공손히 대답했다.

"네. 일단 객점에서 쉬도록 했습니다만, 조만간 마땅한 집을 구해서 살게 할 계획입니다."

"밥통! 이렇게 큰 집이 있는데 따로 집은 무엇 때문에 구한다는 것이냐?"

"네?"

"지금 당장 가족들 모두 데리고 와라. 여기에서 함께 사는 거다."

"방주……."

"너도 아침저녁으로 가족들과 함께 밥 먹으면서 생활하는 게 좋지 않겠느냐?"

"그…렇습죠."

"알아들었으면 당장 가서 데리고 와라."

독고풍의 여자들은 곽필에 대해서 적멸가인에게 자세히 들었으므로 흐뭇한 미소를 지으며 지켜보았다.

연회가 끝난 후에 독고풍과 여자들은 모두 거처로 돌아왔다.

자정이 다 되어가고 있는 시각이었기 때문에 이제 잠자리에 들어야 한다.

독고풍은 내일 아침에 대동협맹으로 떠난다고 결정했다. 그렇기 때문에 아내들은 마지막 밤을 그와 함께 보내고 싶은 마음이 굴뚝같았다.

하지만 네 명의 아내들은 오늘만큼은 독고풍을 은예상에게 양보해야겠다고 무언중에 약속했기에 외로운 밤을 보내도 참을 수밖에 없었다.

독고풍과 은예상이 나란히 서 있고 그 앞에 네 여자가 마주 선 자세로 있었다.

은예상은 네 여자의 얼굴을 찬찬히 한 명씩 바라보고 나서 엷은 미소를 떠올렸다. 그녀들의 얼굴에 떠올라 있는 아쉬움을 발견한 것이다.

은예상은 문득 의미있는 말을 꺼냈다.

"아우들, 내 방 침상은 매우 크다네."

소녀들은 은예상의 뜬금없는 말뜻을 알아차리지 못했다. 가장 총명한 적멸가인도 마찬가지다.

모두들 은예상이 왜 갑자기 침상 자랑인가 하는 표정들을 짓고 있었다.

은예상은 방그레 미소 지으며 보충 설명을 해주었다.

"침상이 크기 때문에 우리 모두 함께 잘 수 있다는 뜻이야."

"아······."

"그런 방법이······."

"큰언니, 정···말 그래도 되겠어요?"

네 소녀는 모두 크게 놀라면서 각기 다른 반응을 보였다.

은예상은 독고풍을 보며 의미있는 미소를 지었다.

"물론 풍 랑께서 허락하신다면 말이지."

독고풍은 입이 함지박처럼 벌어져서 침을 질질 흘렸다.

"헤에, 나야 물론 좋지. 무조건 찬성! 찬성!"

그에게서는 아까 정원에서 은거를 할까 말까 하면서 고뇌하던 모습은 흔적조차 찾아볼 수 없었다. 참으로 단순하고 편리한 성격이다.

자미룡과 옥조가 동시에 물었다.

"풍 랑, 우리 모두하고 상대해 주시는 거예요?"

독고풍은 두 팔을 옆구리에 붙이고 아랫도리를 힘차게 앞으로 내밀었다.

"엿차! 당연하지! 모두 덤벼!"

그때 독고풍 뒤에 있던 단예소가 그의 곁을 스쳐 지나가면서 엉덩이를 툭 치며 미소를 지었다.

"어미는 자러 가마. 하지만 풍아, 너무 무리하지는 말아라."

은예상과 적멸가인은 그제야 단예소의 존재를 알아차리고 얼굴이 빨개져서 어쩔 줄을 몰라 했다.

하지만 자미룡과 옥조는 조금도 개의치 않고 흥분한 얼굴로 재잘거렸다.

"풍 랑 염려는 하지 마세요, 어머니! 풍 랑 정력은 정말 끝내주거든요!"

"호호홋! 아마 풍 랑은 우리 모두를 서너 번은 죽었다 깨게 만들 거예요!"

그날 밤에 뜻밖의 일이 벌어졌다.

아직 예전의 건강을 회복하지 못한 요마낭이거늘 놀랍게도 성욕만은 건재하단 사실이 밝혀져서 드디어 독고풍에게 순결을 바치게 되었다.

그로써 그녀도 이제 어엿한 부인 대열에 정식으로 합류하게 된 것이다.

다음날 아침. 다섯 명의 아내는 모두 얼굴이 발개져서 행복에 겨운 표정이었다.

독고풍은 이른 아침 식사를 한 후 적멸가인과 자미룡, 곽필만을 데리고 대동협맹 총단이 있는 안휘성 합비를 향해 출발했다.

"오호, 이거 좋은 소식이로군?"

낙양 옥봉원을 떠난 지 이틀째 노상에서 요마군 수하가 갖고 온 전서구의 서찰을 읽은 독고풍이 고개를 끄덕이며 미소를 지었다.

서찰은 정협맹주 북궁연이 보낸 것이었다.

자신을 암살하려고 정협맹에 잠입한 십팔광세 중에 십일광세를 정협총각 내의 철밀옥으로 유인하여 결국 생포했는데, 그자를 어떻게 처리했으면 좋겠는가 하고 독고풍의 의견을 묻는 내용이었다.

독고풍과 적멸가인이 정협맹을 방문했을 때 처음 안내된 곳이 철밀옥이었다.

사방 벽과 바닥, 천장이 두터운 철벽으로 이루어졌으며 공기마저도 차단할 수 있는 곳이라서 그 당시에 북궁연이 나쁜 마음을 품고 있었다면 독고풍과 적멸가인은 큰 곤란을 겪었을 것이다.

그런 곳에 십일광세가 갇혔으니 탈출하려고 온 힘을 다 쏟다가 결국은 질식해서 제압되고 말았을 것이다.

일전에 독고풍이 제령수어법으로 심지를 제압한 십광세는 줄곧 옥봉원 내의 지하 밀실에 감금되어 있었다.

감금이라고는 하지만 혼자 생활을 하기에 부족함이 없도록 편의를 봐주었다.

그를 지하 밀실에 가둔 것은 다른 사람 눈에 띄지 않게 하려는 의도였다.

대천신등의 정보망이 상상을 초월하는 수준이기 때문에 그렇게 조치할 수밖에 없었다.

그러다가 이번 여행길에 십광세를 데리고 왔다. 그렇지만 눈에 띄게 동행할 수는 없어서 암중에서 조용히 따라오라고 명령을 해둔 상황이다.

북궁연이 십일광세를 제압한 후 처리 방법을 독고풍에게 문의해 왔다는 것은 그가 독고풍을 친밀한 동지로 여기고 있다는 의미로 해석할 수 있었다.

그리고 서찰에는 또 한 가지 희소식이 적혀 있었다.

정협맹 휘하의 정협십이성의 방, 문파에서 각 백 명씩 천이백 명의 정예고수를, 남칠성북육성 십삼 개 지부에서도 각 백 명씩 천삼백 명의 일류고수를, 그리고 그 아래 삼백여 개의 현본령(縣本令)에서 평균 십여 명씩 총 삼천여 명의 일류고수들을 정협맹으로 보내왔다는 것이다.
 그리하여 기대하지도 않았던 무려 오천오백 명의 일류, 정예고수가 생겼다고 한다.
 정협맹 총단에서 선발하여 혹독한 수련을 받고 있는 이천 명을 합하면 도합 칠천오백 명이다.
 무적방이 천 명, 녹천대련이 이천 명의 고수를 선발했으니 다 합치면 일만 오백 명이다.
 대천신등의 이십오만여 명하고는 비교조차 할 수 없는 수지만 이것은 전면전이 아니다.
 중원무림 연합 세력은 서장으로 출발하기 전까지 침식을 잊은 채 무공 연마에 전념하여 지금보다 훨씬 강해질 것이고, 또한 쥐도 새도 모르게 서장으로 이동, 급습을 가할 것이기 때문에 전혀 승산이 없는 것은 아니다.
 불가능하다는 계산이었으면 애당초 연합 세력 따위를 구성하지도 않았을 것이고, 정협맹이나 녹천대련을 설득하지도 못했을 것이다.
 정협맹이 선발 고수를 무려 칠천오백 명으로 늘였다고 하지만, 독고풍은 무적방에서 선발된 천 명을 더 늘일 생각은 조금도 없었다.
 무적방의 선발 고수 천 명을 정협맹의 칠천오백 명보다 막강하게 만들 자신이 있기 때문이다.
 무적방이 절강성 항주성에서 개파한 지 어느덧 일 년여가

훌쩍 지났으며, 그사이에 천하의 사독요마들이 꾸준히 무적방에 가입했고, 현재도 암암리에 하루 백여 명 이상씩 계속 모여들고 있는 중이다.

이번에 독고풍이 옥봉원을 출발하기 전에 무적방의 현재 인원에 대해서 서면으로 보고를 받은 것에 의하면 총 오천 명 정도이다.

중원 연합 세력이 서장에 갔다가 돌아오는 사이에 칠, 팔천 명. 어쩌면 일만 명 이상으로 불어날지 모르는 일이다.

바야흐로 과거 이십여 년 전 사마총혈계의 전성기가 부활하게 되는 것이다.

독고풍은 천 명의 수하만 이끌고 서장으로 출발하고, 이후 중원에 남은 그의 심복이 무적방 전체 고수들을 맹훈련시켜서 말 그대로 무적의 무적방을 만들 계획이다.

그렇게 되면 독고풍이 대천신등을 토벌하고 중원으로 돌아온 후, 세력이 약화된 중원무림을 손아귀에 넣는 일쯤은 별로 어려운 일이 아닐 터이다.

얄팍한 감정에 휘둘려서 북궁연이나 무옥 등과 사이좋게 지내는 것 따위는 있을 수도 없는 일이다. 그것은 순전히 표면적일 뿐이다.

천하 제패라는 원대한 목표를 이루기 위해서는 무슨 짓이라도 서슴지 않을 것이며, 그 어떤 야비하고 비겁한 술수라도 사양하지 않을 생각이다.

말 위의 복판에는 독고풍이 탔고, 그 뒤에는 적멸가인, 앞에는 자미룡이 앉아 있었다.

적멸가인과 함께 서찰을 읽은 독고풍은 그것을 앞자리의 자미룡에게 건네주면서 관도에 부복해 있는 요마군 여고수, 즉 전령(傳令)에게 명령했다.

"제압한 십일광세를 내게 보내라고 정협맹주에게 전해라."

여고수는 공손히 절하고는 순식간에 사라졌다.

"가자."

독고풍에게 발뒤꿈치로 가볍게 옆구리를 채인 말이 관도를 따라 천천히 움직이기 시작했다.

저만치 앞에서 곽필이 탄 말이 길을 안내하고 있다.

옥봉원을 출발한 지 아흐레째 밤. 축시(丑時:새벽 2시) 무렵.

해시(亥時:밤 10시)에 시작한 독고풍과 적멸가인, 자미룡의 격렬한 정사가 두 시진 만에 끝났다.

두 소녀는 땀으로 범벅된 알몸으로 독고풍의 양쪽에서 그의 품에 안겨 있었다.

"정아, 그런데 육식귀원 위에는 뭐가 있지?"

땀은커녕 숨소리조차 거칠어지지 않은 독고풍이 천장을 응시하면서 입을 열었다.

적멸가인은 독고풍이 왜 그런 것을 묻는지 깨닫고 크게 놀라는 표정을 지었다.

"하아… 하아… 설마… 내단을 다 녹인 거예요?"

적멸가인은 일어나 앉아서 가쁜 숨을 몰아쉬며 물었다. 탄력있는 여체가 땀으로 번뜩이며 어둠 속에서 건강함을 과시하고 있었다.

방금 전까지 몇 차례 절정의 능선을 오르내렸던 여체는 활짝 만개한 꽃처럼 아름다웠다.

"응. 옥조의 순음지기가 굉장했거든. 옥조하고 처음 할 때 내 몸이 얼음덩이가 됐었어."

"다섯째는 순음지체였군요."

그녀는 정신이 번쩍 든 표정이지만, 자미룡은 독고풍의 가슴을 벤 자세에서 아직도 단단한 그의 음경을 갖고 노느라 여념이 없었다.

"어떤 변화가 생겼나요?"

적멸가인의 물음에 독고풍은 기억을 더듬으며 대답했다.

"운공조식을 하면 공력이 전혀 느껴지지 않아. 그런데 몸과 마음이 무척 편안해. 이런 느낌은 처음이야."

적멸가인은 눈을 빛냈다.

"절대적정이로군요. 그리고 무공은요?"

"전개할 필요가 없어. 마음먹은 대로 무엇이든 되더군."

적멸가인의 목소리가 긴장으로 팽팽해졌다.

대리통치(代理統治) 195

"천마신위강을 대성했나요?"

"이초식 대마파천황은 전개해 봤는데, 삼초식 천지파멸은 연공실이 무너질까 봐 못해봤어. 그렇지만 그것도 펼칠 수 있을 것 같아."

적멸가인은 두 손을 가슴에 모으고 더없이 기쁜 표정을 지었다.

"육식귀원 위 단계는 반로환동, 그 위가 출신입화지경인데 풍 랑의 말씀을 들으니 한꺼번에 두 단계 상승하여 출신입화시경에 이르신 것 같아요."

"그래? 출신입화인가?"

독고풍은 빙긋 미소 지으며 중얼거렸다.

적멸가인은 크게 감격한 표정에 떨리는 목소리로 설명했다.

"소녀가 알기로는 무림사 수천 년 동안 출신입화지경에 도달한 인물은 다섯 손가락으로 꼽을 정도예요. 물론 당금 무림에는 아무도 없어요. 즉, 풍 랑이 명실 공히 천하제일이라는 뜻이죠."

그때 독고풍이 창을 쳐다보면서 중얼거렸다.

"요마전령이 오고 있다."

요마군에서 연락을 맡은 전령들은 하나같이 경신술이 뛰어나서 추호의 기척을 내지 않지만 출신입화에 도달한 독고풍의 청력을 벗어나지는 못했다.

적멸가인과 자미룡은 급히 옷을 입고 독고풍에게도 옷을 입혀주었다.
 "방주, 요마전령입니다."
 "들어와라."
 잠시 후에 방문 밖에서 요마전령의 목소리가 들렸다.
 실내로 들어온 요마전령은 무릎을 꿇고 공손히 한 통의 밀서를 독고풍에게 바쳤다.
 이것은 서찰이 아니라 밀서다. 밀서는 오직 무적방주만이 읽을 수 있으며 지급으로 전해져야 한다.
 밀서는 요마군장인 설란요백의 봉인이 찍혀 있었다. 그녀가 독고풍에게 직접 보낸 것이다. 그만큼 중요한 내용이 들었다는 뜻이다.
 "이런……."
 그런데 밀봉된 서찰을 뜯어서 읽던 독고풍의 얼굴이 돌덩이처럼 굳어졌다.
 서찰에는 짧지만 엄청난 내용이 적혀 있었다.

 대천신등의 이십오만 고수가 서장을 출발했습니다.

 "풍 랑!"
 서찰을 읽은 적멸가인과 자미룡이 대경실색하여 해쓱한 얼굴로 동시에 외쳤다.

대천신등의 준비가 무르익어 머지않은 미구에 중원을 침공할 것이라는 사실은 예측하고 있던 터이다.

 그래서 독고풍이 앞장서서 중원 연합 세력을 조직하고 있는 중이 아닌가.

 그런데 그 시기가 이처럼 빠를 것이라고는 아무도, 그리고 추호도 예상하지 못했다.

 적게 잡아도 앞으로 서너 달 정도는 여유가 있을 것이라고 예상했다.

 그리고 보니까 '서너 달 후의 중원 침공'이라는 것은 어디에도 근거를 두지 않은 막연한 짐작일 뿐이었다. 단지 그때는 그런 분위기가 진했기에 그렇게 생각했던 것이다.

 '혹시… 우리가 연합 세력을 조직 중이라는 정보가 샜기 때문에 놈들이 서두는 것이 아닌가?'

 일단 그렇게 생각하자 그럴 가능성이 컸다. 대천신등은 옥봉원의 위치나 독고풍이 무옥을 만나는 장소까지 정확하게 알아내서 습격을 하지 않았던가.

 '도대체 어디에서 정보가 샌 것인가? 어디에서……'

 무적방에서 정보가 샐 리는 없다. 그렇다고 해서 정협맹도 아닐 것이다.

 세부적인 사실을 알고 있는 인물은 북궁연과 정협십이성, 그리고 최측근 몇 명뿐이다. 북궁연이 그 정도를 단속하지 못할 리가 없다.

'대동협맹인가?'

일단 생각을 시작하자 생각은 빠르게 비약했다.

독고풍의 눈이 살벌하게 번뜩였다.

'대동협맹이 분명하다!'

대동협맹은 일만 이천 명이 넘는 고수를 거느리고 있으면서도 연합 세력을 조직하는 데 겨우 오백 명만을 내놓겠다는 얄팍한 수작을 부렸다.

그런데 이런 일이 벌어졌다.

대동협맹이 대천신등에 중원 연합 세력의 조직에 대한 정보를 알렸다고 가정해 보자.

이미 침공 준비가 되어 있는 대천신등이 앉아서 습격을 당하는 것보다 먼저 선수를 쳐서 중원을 침공하는 쪽을 선택하는 것이 여러모로 봐도 당연한 일이다.

아무래도 대천신등 내에 머물러 있다가 습격을 당하면 피해가 클 수밖에 없다.

원래 어두운 곳에서 찔러오는 창을 피하는 것은 어려운 일이 아닌가.

그렇다면 대동협맹은 대천신등에게 중원을 팔아서 무슨 이득이 있다는 말인가?

거기에서 독고풍의 생각이 벽에 부닥쳤다. 아무리 생각해 봐도 그럴 만한 이유가 생각나지 않았다. 분명히 이유가 있을 텐데 생각이 거기까지 미치지 않는 것이다.

제아무리 대동협맹이, 아니, 태무천이 악인이라고 해도 중원 사람이 아닌가.

중원을 구한다는 대명제(大命題) 앞에서는 진명유림이나 사독요마, 심지어 녹채박림까지 자신들의 목적과 이념을 버리고 한마음으로 뭉치려 하는데, 대동협맹만이 중원을 배신한다는 것은 쉽게 납득이 가지 않는다.

도저히 자신의 머리로는 풀리지 않는 일이라서 독고풍은 결국 적멸가인의 머리를 빌리기로 했다.

그가 쳐다보자 그녀는 긴장된 얼굴로 골똘히 생각에 잠겨 있었다.

무엇이든 그녀에게 묻는 것은 좋지 않다. 생각이라면 독고풍도 충분히 할 수 있다.

그녀를 필요로 하는 것은 지식이나 추리력이지 계획이 아니다. 여자의 생각이 사내를 능가하지는 못한다는 것이 독고풍의 생각이다.

더구나 중대한 결단이나 속전속결이 필요한 계획에서는 더욱 그렇다.

독고풍은 적멸가인에게 자신의 생각을 설명해 주었다.

적멸가인은 거기까지는 생각하지 못했던 터라 크게 놀라며 잠시 굳은 얼굴로 깊은 생각에 잠겼다.

여태까지의 경험으로 미루어봤을 때, 독고풍은 선이 굵직굵직한 것들을 계획하고 또 번뜩이는 기발한 발상들을 내놓

왔고, 적멸가인은 독고풍의 계획과 발상을 토대로 삼아서 박식한 머리로 치밀하고 세세한 계산이나 구체적인 방법론을 수립했다.

지금도 독고풍이 생각해 낸 의문을 제기하고 적멸가인이 그것에 대한 해답을 궁구하고 있다.

그런 점에서 두 사람은 서로에게 정신적인 완벽한 보완재(補完財)라고 할 수 있었다.

"대동협맹이 대천신등에게 정보를 제공하고 얻을 수 있는 이득이라면 한 가지가 있어요."

적멸가인의 생각은 언제나 깊고 치밀하다. 그러므로 쉽사리 자신의 생각을 말하지 않는다.

그녀는 일다경 만에 착 가라앉은 목소리로 입을 열었다. 과연 그녀는 독고풍의 의문에 대한 해답을 내놓았다.

독고풍과 자미룡은 침묵으로 그녀의 다음 말을 종용했다.

"대천신등이 중원 침공을 성공한 후에 적절한 보상을 약속받았을 가능성이 있어요."

"보상? 무슨 보상?"

"대리통치(代理統治)예요."

"그게 뭔데?"

"예를 들자면……."

적멸가인은 머릿속으로 내용을 정리하면서 말을 이었다.

"옛날 원(元)나라나 지금의 명(明)나라는 중원에서 수만 리 멀리 떨어진 많은 나라들을 정벌해서 영토를 크게 확장했어요. 하지만 그 나라들은 중원에서 너무 멀고 또 군사들을 많은 나라에 분산 배치해야만 하는 어려움과 또한 언젠가는 군사들을 자국(自國)으로 불러들여야 하는 고충 때문에 정벌한 나라들을 속국(屬國)으로 만드는 방법으로 대리통치라는 방법을 사용했었어요."

"음."

"대리통치는 여러 가지 이점이 있어요. 첫째, 그 나라의 기존 왕조(工朝)나 기득권 세력을 대리통치자로 내세우기 때문에 백성들의 반발을 크게 완화시킬 수 있으며, 백성들이 생활하는 데 아무런 불편함이 없어요. 둘째, 정복자인 상국(上國)은 소수의 군대로 그 나라 왕조를 감시하기 때문에 인력의 낭비가 없는 반면에, 그 나라에서 매년 막대한 조공(朝貢)을 받아요. 셋째, 오랜 세월 동안 여러 방면으로 상국의 문물과 문화를 그 나라에 전파하고 싶어서 결국은 속국을 실질적인 자국으로 만들어 버려요. 그런 상황이 되면 더 이상 대리통치가 필요하지 않게 되는 것이지요."

독고풍은 이해했다는 듯 고개를 끄덕였다.

"그렇군. 그러니까 대천신둥은 중원을 정복한 후에 대동협맹을 중원의 대리통치자로 내세운다는 것이군."

"현재로선 대동협맹이 얻는 이득으로 그것 하나밖에 생각할 수가 없어요."

독고풍은 고개를 갸우뚱했다.

"그런데 어째서 대천신등이 구태여 대리통치 같은 것을 하려고 들까? 놈들이 중원을 침공하려는 이유가 서장 땅이 척박하기 때문에 아예 이쪽으로 옮겨와서 살려는 것이라면 자신들이 직접 통치하면 되잖아?"

당연한 의문이다. 독고풍은 적멸가인의 말에 깊이 심취했으므로 생각하는 바가 깊어졌다.

적멸가인은 고개를 가로저었다.

"그렇지 않아요. 서장의 인구는 아무리 많이 잡아도 중원의 일 할에도 미치지 못해요. 원래 소수로 그보다 많은 백성을 직접 통치한다는 것이 매우 어려워요. 방법은 오직 대리통치밖에 없지요."

"그런가?"

"그렇게 대리통치를 시켜놓고 서장인들은 차츰 중원의 상위 기득권 세력을 잠식, 장악해 나가는 것이죠. 그러다가 언젠가 자신들이 중원 각계의 상위 세력을 완벽하게 장악했다는 판단이 서면 대리통치마저도 없애 버리고 직접 통치를 강행하겠지요."

"그게 가능한가? 서장인들의 수는 중원인의 일 할에도 못 미친다면서?"

"그래서 놈들은 중원의 상위층을 공략, 장악하려 들 거예요. 원래 가축의 무리를 다스릴 때에는 우두머리만 제압하면 되거든요. 백성들은 자신들의 생활에 지장이 없는 한 누가 통치를 하건 별로 관심이 없으니까요."

"하아, 그렇군."

독고풍은 이해하긴 했으나 그다지 인정하고 싶지 않은 표정이었다.

적멸가인은 매우 심각한 얼굴로 희고 긴 손가락 하나를 세워 보였다.

"하나가 더 있어요."

무엇인지는 몰라도 좋지 않은 것일 거라는 예감에 독고풍의 얼굴이 굳어졌다.

"중원 연합 세력이 대천신등을 맞아 싸우러 나가면 중원무림은 공백 상태예요. 수천 개의 방, 문파가 있다고 해도 대동협맹을 거스르지는 못할 거예요."

독고풍의 머리를 스치는 것이 있었다.

"대동협맹이 중원을 집어삼킨다는 것인가?"

"아니에요. 대동협맹이 중원을 장악한다고 해도 곧이어 들이닥칠 대천신등을 상대하진 못할 거예요."

"중원 연합 세력이 대천신등을 막아내지 못할 것이라고 생각하는 것인가?"

"그렇지요. 그렇기 때문에 대동협맹이 중원을 미리 장악해서 대천신등에게 바치는 것이지요."

독고풍은 생각하는 얼굴로 적멸가인의 말을 듣고 자신이

해석한 것을 말했다.

"그렇게 해서 중원의 피해를 줄이겠다는 생각이로군."

"네. 어차피 중원무림이 결사항전을 하더라도 대천신등을 물리치지는 못하고 오히려 수많은 인명 피해가 날 바에는 차라리 싸움 따위 아예 없는 무혈입성(無血入城)을 시키겠다는 뜻이죠."

적멸가인의 얼굴은 착잡함으로 가득했다.

"대동협맹은 그것이 중원을 지키는 방법이라고 생각하겠지만 틀렸어요. 중원 사람은 그렇게 구차하게 사느니 싸우다가 죽기를 원할 거예요."

어쨌든 두 사람의 대화는 결론이 났다. 대동협맹이 대천신등의 앞잡이고, 결국은 주구(走狗) 노릇까지 할 것이라는 게 거의 확실한 결론이었다.

그때 침묵이 길어지자 부복해 있던 요마전령이 조심스럽게 고개를 들었다.

"방주, 요마군장께서 반드시 방주의 명령을 받아오라고 하셨습니다."

혈검군장 균현은 요몽과 함께 오악도로 떠났기 때문에 현재 무적방을 이끌고 있는 것은 요마군장 설란요백이었다.

"그렇지."

독고풍은 고개를 끄덕이고 나서 적멸가인과 자미룡을 번갈아 쳐다보았다.

대리통치(代理統治) 205

"너희들 생각은 어떠냐?"

두 소녀는 입을 모아 강인하게 대답했다.

"싸워야지요!"

이십오만 고수라면 대천신등 전체 세력이다. 또한 서장을 출발했다는 것은 중원으로 향한다는 뜻이다.

싸워야 한다고 말해놓고 두 소녀는 입을 굳게 다물었다.

요마전령은 독고풍 앞에 무릎을 꿇고 머리를 조아린 채 숨도 쉬지 못했다.

이윽고 한참 만에 독고풍이 서찰을 다시 집어 읽으면서 입을 열었다.

"정아, 서장에서 중원까지 얼마나 걸리겠느냐?"

"서장에서 중원까지는 대부분 수천 척 높이의 험준한 산악지대로 이루어졌기 때문에 그들이 일류고수 이상이라고 해도 최소한 한 달 이상은 걸릴 거예요."

"한 달이라……."

독고풍은 쇳덩이처럼 차갑게 굳은 얼굴로 생각에 잠겼다.

'놈들이 중원 땅을 딛게 해서는 안 된다. 무슨 수를 써서라도 그전에 전멸시켜야만 한다.'

설란요백의 요마군이 대천신등을 감시하고 있어서 다행한 일이었다.

그러지 않았다면 중원은 이십여 년 전처럼 가만히 앉아 있다가 뒤통수를 얻어맞게 될 터였다.

은연중에 독고풍이 중원 연합 세력의 우두머리가 된 상황이었다. 그러므로 그가 명령을 내려야 무적방과 정협맹, 녹천대련이 움직일 것이다.

하지만 함부로 아무렇게나 명령을 내릴 수는 없다. 이것은 중원의 존폐가 걸린 일이다.

"대천신등의 이십오만이 한꺼번에 중원으로 이동하지는 않을 것이다."

"당연해요. 최소한 열 개 이상의 무리로 나누어서 이동할 거예요."

독고풍의 말에 적멸가인이 즉시 반응했다.

"이십오만이 열 개로 나뉘면 한 무리가 이만 오천 명이라는 얘기로군."

"더구나 험준한 산악 지대이기 때문에 한 무리 이만 오천이 한 덩이로 이동하지는 못할 거예요. 이만 오천은 정말로 많은 수거든요. 그러므로 여러 무리로 분산해서 산악 지대를 통과하겠지요."

"한 무리 이만 오천 명이 다시 여러 무리로 쪼개져서 이동한다는 거지?"

지형적인 특수성 때문에 그럴 수밖에 없는 것이다.

문득 독고풍의 눈이 빛났다. 이만 오천 명이 여러 무리로 쪼개진다면, 하나의 고수군(高手群)이 오천 명 이하일 가능성이 높다.

대천신등 전체가 이십오만이니까 한 번에 오천 명씩 상대하면 도합 오십 번을 싸워야 할 것이다.

그래도 이길 수만 있다면, 아니, 대천신등의 중원 침공을 저지하는 데 반드시 이길 필요까지는 없을 터이다.

절반, 아니, 삼 할만 죽여도 된다. 최소한 칠만 명 정도만 거꾸러뜨리면 남은 십팔만으로는 중원 침공을 함부로 결정하지 못할 것이다.

왜냐하면 대천신등에겐 이십여 년 전의 중원 침공에서 철저하게 일패도지를 당했던 뼈아픈 기억이 있기 때문이었다.

'해볼 만하다!'

독고풍은 눈에서 이글거리는 안광을 뿜으면서 주먹을 거세게 움켜잡았다.

第百五章
전쟁발발(戰爭勃發)

적멸가인의 지식적인 조언을 참고한 독고풍의 명령이 전서구로 설란요백에게 하달되었다.

설란요백은 그것을 즉시 정협맹과 녹천대련으로 보냈다.

그리하여 중원의 세 방향에서 무적방과 정협맹, 녹천대련의 정예고수들이 서장을 향해서 출발한 것은 독고풍의 명령이 떨어진 지 채 하루가 지나지 않아서였다.

같은 시각. 독고풍과 적멸가인, 자미룡은 안휘성 합비의 대동협맹 총단에 있었다.

넓은 대전의 단상 태사의에는 태무천이, 그 오른편에는 극현 진인이 앉아 있었다.

또한 단하 양쪽 벽을 등지고 네 명씩 도합 여덟 명의 나이 지긋한 노고수들이 마주 보는 형태로 앉았다.

그들은 대동협맹의 장로인 대동십구협인데 지금은 여덟 명뿐이다.

그리고 단상 앞 단하에는 독고풍과 좌우에 적멸가인, 자미룡이 태무천을 향해 나란히 서 있었다.

방금 적멸가인은 어젯밤에 객점에서 독고풍과 추리했던 대동협맹의 대천신등 앞잡이 노릇에 대해서 차분하게 또렷한 목소리로 설명을 끝냈다.

그녀의 긴 설명을 들은 태무천과 극현 진인 이하 대동십구협, 아니, 대동팔협은 은은히 분노한 표정으로 오랫동안 침묵을 지켰다.

독고풍은 전혀 서두르지 않고 태무천이 먼저 입을 열기를 기다렸다.

태무천 오른쪽에 우호법인 극현 진인은 앉아 있는데, 좌호법인 신령불사가 보이지 않는 것이 신경 쓰였으나 내색하지 않았다.

어쩌면 신령불사가 독고풍의 제령수어법에 제압되어 첩자 노릇을 하고 있었다는 사실이 발각돼서 모종의 조치가 취해졌는지도 모른다.

하지만 상관없는 일이다. 신령불사는 더 이상 이용 가치가 없다. 단지 그는 원수인 별유십오인의 한 명으로 되돌아갔을 뿐이다.

"음."

적멸가인의 설명이 끝난 지 반 다경이 지나서야 이윽고 태무천이 무겁게 침음을 흘렸다.

그의 얼굴은 매우 엄숙했으나 노기는 없었다.

"본 맹이 대천신등의 앞잡이라니 당치도 않은 억측이오."

독고풍은 그가 순순히 시인할 것이라고 예상하지 않았다. 그는 비릿한 냉소를 지으면서 태무천을 똑바로 주시했다.

"그럼 증명을 해보지."

"어떻게 증명하면 되는지 말해보시오."

태무천은 지난번에 무창 선화루에서 봤을 때와는 달리 매우 느긋한 모습이다.

자기 집 안방이라는 사실이 힘을 실어준 모양이라고 독고풍은 생각했다.

그러나 독고풍은 추호도 개의치 않았다. 상황이 나빠져서 공격을 당하게 될 경우에 대동협맹 총단의 고수들을 모두 상대할 수는 없지만 최소한 태무천 하나 정도는 죽이고 도주할 자신이 있었다.

그는 태무천을 똑바로 주시하며 당당하게 말했다.

"대동협맹에서 정예고수 오천을 내놔. 그럼 대천신등의 앞잡이라고 생각하지 않지."

태무천이나 극현 진인은 안색이 조금도 변하지 않았으나, 좌중의 몇몇 인물들은 역정을 내면서 낮게 호통을 쳤다.
"그럴 수는 없네."
태무천의 말이 '하오'에서 '하네'로 변했다.
"그렇다면 결국 대동협맹이 대천신등의 앞잡이라는 사실을 인정하겠다는 것이로군."
"어떻게 생각해도 상관없네."
독고풍이 비릿하게 비아냥거리는 데에도 태무천은 끄떡도 하지 않았다.
그러나 이 정도에서 물러날 독고풍이 아니다. 그는 태무천이 호락호락하지 않을 것이라고 예상했기 때문에 최후의 수단을 준비해 두었다.
"그렇다면 할 수 없지. 이 사실을 정협맹과 녹천대련, 무림 전체에 알리고 연합 세력과 전 무림이 대동협맹을 공격하게 해야겠군."
이때만큼은 태무천과 극현 진인도 초연할 수가 없었다. 두 사람은 움찔 가볍게 몸을 떨며 독고풍을 쏘아보았다.
독고풍 정도의 인물이 겁을 주려고 허풍이나 떨 인물이 아니다. 천하 사독요마의 절대자가 아닌가. 한다면 하고야 말 것이다.
독고풍은 말하고 나서 몸을 돌렸다.
"가자."

세 사람이 두 걸음을 옮겼을 때 왼쪽에서 쩌렁한 호통 소리와 함께 한 사람이 쏜살같이 튀어나왔다.

"이노옴! 이참에 아예 악의 뿌리를 잘라주마!"

휘이잉!

한 명의 건장한 육십대 중반의 노인이 반백의 수염을 휘날리면서 대도를 머리 위로 치켜든 채 독고풍, 아니, 세 사람을 향해서 일직선으로 짓쳐오고 있었다.

웅웅웅.

대도가 빛을 발하면서 은은히 진동하는 것으로 미루어 강기가 주입되어 있는 것이 분명했다. 강기를 전개할 수 있다면 절정고수 수준이다.

그러나 독고풍은 눈길조차 주지 않고 천천히 걸음을 옮겼다.

그때 적멸가인이 반백노인을 힐끗 보더니 눈이 세모꼴로 변하며 새파란 한광이 뿜어졌다.

"풍 랑, 아버님의 원수인 별유십오인의 중원삼협 중 한 명인 혼원도협(混元刀俠)이라는 늙은이예요. 죽여요."

그녀는 싸늘한 목소리로 독고풍에게 전음을 보냈다.

독고풍은 반백노인을 상대하지 않을 생각이었다. 만약 반백노인이 도강을 발출한다면 도강이 독고풍 몸에 닿기도 전에 즉사하고 말 것이다.

원래 독고풍은 금강불괴다. 십팔광세 정도면 모르지만, 혼원도협 따위의 도강으로는 뚫지 못한다.

그런데 독고풍은 현재 출신입화지경에 도달한 상태이기 때문에 금강불괴 또한 훨씬 강해져서 이제는 십팔광세 아니라 그 이상의 초절고수라고 해도, 어떤 무공이라고 해도 금강불괴를 부수지 못한다.

더구나 출신입화지경에 이르면 공격을 받을 경우에 자연적으로 호신강기가 펼쳐지며, 당금 무림에서는 그것을 파훼할 만한 실력자가 아무도 없을 것이다.

녹고풍은 공격해 오는 반백노인이 별유십오인 중 한 명인 혼원도협이라는 사실을 알고 그가 호신강기에 부딪쳐서 곱게 죽도록 하려던 생각을 바꾸었다.

후우웅!

혼원도협은 바닥에서 일 장 반 높이 허공, 독고풍의 일 장 반 거리까지 쇄도하면서 그의 머리를 향해 벼락같이 대도를 그어 내렸다.

순간 대도에서 반투명한 도강이 독고풍의 머리를 향해 위맹하게 뿜어졌다.

뚜둑!

"윽!"

그러나 그때 대도를 움켜쥔 혼원도협의 오른팔 손목에서 뼈 부러지는 소리와 함께 신음성이 동시에 터졌다.

그 순간 독고풍의 머리를 짓쳐가던 도강이 흔적도 없이 사라져 버렸다.

 실내의 모든 사람들이 방금 그 소리를 듣고 일제히 혼원도협의 오른팔 손목을 쳐다보다가 안색이 돌변했다.

 그의 오른팔 손목은 뼈가 부러졌는지 건들거렸으며, 쥐고 있던 대도가 손에서 벗어나 바닥에 꽂혔다.

 하지만 그게 끝이 아니다.

 뚜두두둑! 따딱!

 "크으으."

 혼원도협의 오른팔 십여 군데가 도막도막 부러지면서 제멋대로 꺾였다.

 독고풍은 걸음을 멈추고 팔짱을 낀 자세로 느긋하게 혼원도협을 쳐다보았다.

 혼원도협은 바닥에서 일 장 반 높이 허공중에 정지한 채 떠있는 상태다.

 우둑! 뚜두둑! 또각!

 그때 혼원도협의 온몸에서 뼈 부러지는 소리가 마구 터져 나왔다.

 "끄아아—!"

 그는 처절하게 비명을 질러댔다. 하지만 어찌 된 일인지 꼼짝도 할 수가 없는 상태다. 할 수 있는 것이라곤 비명을 지르는 일뿐이었다.

 온몸의 뼈라는 뼈는 모조리 부러진 그는 흐느적거리는 몸으로 허공중에 떠 있었다.
 태무천 이하 중인이 보기에는 혼원도협이 독고풍을 공격하다가 허공중에서 그저 혼자 온몸의 뼈가 부러진 것 같은 광경이었다.
 독고풍은 그를 쳐다보지도 않은 채 걷다가 방금 전에야 걸음을 멈추었을 뿐이다.
 그러나 대전 안에서 혼원도협을 공격할 만한 사람은 독고풍과 두 소녀뿐이다.
 그래서 중인은 독고풍이 혼원도협을 저 지경으로 만들었을 것이라고 짐작했다.
 그런데 자신을 공격하는 사람에게 손을 대기는커녕, 무엇인가를 발출하는 기미도 전혀 보이지 않고 도대체 어떻게 그럴 수 있는 것인지 중인은 눈으로 보고 있으면서도 불신의 표징을 지을 뿐이었다.
 '설마……'
 문득 태무천과 극현 진인의 눈빛이 동시에 가볍게 흔들렸다.
 방금 그들이 목격한 광경은 오직 한 가지 경우에만 가능한 일이었다.
 '혈풍신옥이 반로환동의 경지에 도달했다는 것인가?'
 그때 독고풍이 다시 천천히 걸음을 옮겼다.
 "흐으으……."
 허공중에 떠 있는 혼원도협은 문어처럼 흐느적거리는 몸

으로 고통스러운 신음을 흘렸다.
 쉬익!
 순간 혼원대협이, 아니, 혼원대협의 몸뚱이가 태무천을 향해 일직선으로 쏜살같이 쏘아갔다.
 분명히 독고풍은 등을 보인 채 걸어가고 있는데, 혼원도협은 마치 자신이 그러는 것처럼 태무천을 향해 쏘아갔다.
 '반로환동이 틀림없다!'
 그러나 태무천은 놀라고 있을 수만은 없는 상황이었다. 자신을 향해 무서운 기세로 쏘아오는 혼원도협을 어떻게든 하지 않으면 꼴사나운 일이 벌어지고 말 것이다.
 그는 급히 오른팔을 뻗어 손바닥을 활짝 펼치며 부드러운 공력을 파도처럼 쏟아냈다. 혼원도협을 다치지 않게 하면서 정지시키려는 의도다.
 '이런······.'
 그런데 어찌 된 일인지 아무런 소용이 없다. 마치 태무천의 손에서 한 움큼의 공력도 발출되지 않은 듯한 느낌이다.
 혼원도협은 어느새 이 장 앞까지 쇄도하고 있었다. 그는 두 눈을 찢어질 듯이 부릅뜨고 미친 듯이 괴성만 질러댔다.
 평소에 무림에서 존경받는 대협의 모습은 눈곱만큼도 찾아볼 수 없다.
 마침내 태무천은 자신의 전 공력을 뿜어냈다.
 그의 진정한 공력 수위는 가장 가까운 좌우호법조차도 모르고 있다.

그저 자신들보다 대략 반 갑자 정도 높을 것이라고 막연하게나마 생각할 뿐이었다.

그러나 태무천의 진정한 공력 수위는 무려 오 갑자, 즉 삼백 년 수준이다.

아무도 모르는 사실이지만, 그는 이미 오 년 전에 금강불괴지체가 되어 명실상부한 천하제일인이었다.

물론 독고풍이 출현하기 전의 일이지만.

후오오!

순간 그의 장심에서 삼백 년 공력이 해일처럼 뿜어졌다. 그는 그것으로 쏘아오고 있는 혼원도협을 정지시킬 수 있을 것이라고 믿어 의심하지 않았다.

"……!"

그런데 아니었다.

혼원도협의 몸뚱이는 멈추지 않았을 뿐 아니라 속도도 줄지 않고 순식간에 태무천의 반 장 전면까지 쇄도했다. 그대로 놔두면 정통으로 충돌하여 낭패를 면치 못할 것이다.

극현 진인을 비롯한 중인은 태무천이 혼원도협을 향해 손을 뻗고 있는 것을 보고 있었지만 멈추지 못한다는 사실을 깨닫고 충격에 휩싸였다.

휘익!

결국 태무천은 충돌 직전에 자신이 취할 수 있는 최후의 방법, 즉 다급히 몸을 날려 옆으로 피하는 것으로 낭패를 모면했다.

뚝!

그런데 충돌할 것 같던 혼원도협의 몸뚱이가 태무천이 몸을 날리는 순간 허공중에 정지했다.

옆으로 일 장쯤 피해서 우뚝 서 있는 태무천의 얼굴이 약간 붉어지고 뺨이 가볍게 씰룩였다.

농락당했다는 생각에 수치심을 느꼈으나 얼굴에 떠오르지는 않았다.

순간 허공에 정지한 혼원도협이 갑자기 처절한 비명을 터뜨렸다. 온몸 내부가 급속도로 팽창하는 것을 느낀 것이다.

"크아아—악!"

퍼억!

다음 순간 그의 몸이 산산조각 나서 사방으로 흩어졌다. 살과 뼈와 내장과 피 따위가 수천 조각으로 찢어져 소나기처럼 뿌려졌다.

그것들은 멀리까지 날아가서 대전 전체의 바닥과 사방 벽, 천장에 온통 살점과 내장 조각, 피가 달라붙었으나 중인은 모두 순간적으로 호신 막을 펼쳤기 때문에 아무도 그것을 뒤집어쓰지 않았다.

그제야 중인은 혼원도협을 그 지경으로 만든 것이 독고풍이라고 확신했다.

모두들 혼원도협이 자신의 무덤을 팠다는 사실을 알고 있다. 그가 먼저 급습에 가까운 공격을 가했으며, 독고풍은 단지 방어를 한 것일 뿐이다. 그러므로 그에겐 아무런 잘못이 없는 것이다.

이곳에 있는 인물들은 어느 누구라도 인의와 협의를 생명처럼 여기고 있다.

그러나 그것은 상대가 누구냐에 따라서 달라질 수 있다.

더구나 상대가 대마종이고, 대동협맹을 대천신등의 앞잡이라고 몰아세우고 있는 상황이라면 더욱 그렇다.

"이놈! 혈풍신옹!"

"대동협맹 총단 내에서 너무 방자하구나!"

대동칠협이 일제히 자리를 박차고 자리에서 일어나 약속이나 한 것처럼 독고풍을 향해 덮쳐 갔다.

절정고수 일곱 명의 기세는 가히 산악과도 같았다.

그러나 독고풍과 적멸가인, 자미룡은 끄떡도 하지 않았다. 단지 걸음을 뚝 멈추었을 뿐이다.

스승!

적멸가인과 자미룡은 재빨리 어깨의 검을 뽑아 대동칠협 중의 두 명을 향해 마주 부딪쳐 갔다. 독고풍의 부담을 덜어 주려는 의도였다.

독고풍의 눈썹이 슬쩍 찌푸려졌다.

'결국 이렇게 되고 마는군.'

대동칠협의 합공 따위를 두려워하는 것이 아니다. 대동협맹에서 뭔가 소득이 있기를 기대했기 때문에 실망이 찾아든 것이다.

그는 대동칠협의 합공에 천마신위강 이초식인 대마파천황을 전개하여 상대하려고 했다.

아니, 마음만 먹으면 되는 것이니 구태여 전개할 필요조차 없는 일이다.

결과는 그도 모른다. 얼마 전에 옥봉원 지하 연공실에서 약간의 공력을 사용하여 전개했을 뿐이기 때문에 실전에서는 어떤 위력을 발휘하는지 예측할 수 없다.

"멈추시오!"

일곱 방향의 허공으로 쏘아가고 있는 대동칠협이 제각기 무기를 뽑거나 쌍장으로 막 공격을 퍼부으려고 할 때 태무천이 외쳤다.

나직한 외침이었으나 대전 전체가 지진을 만난 듯 거세게 우르르 떨어 울렸다.

대동칠협은 즉시 바닥에 내려서 독고풍 일행을 양쪽에서 에워쌌다.

"물러서시오."

그 광경을 보고 태무천은 씁쓸하게 탄식을 토해내고는 조용히 명령했다.

대동칠협은 조심스럽게 물러나 원래의 자리에 앉았다.

태무천은 멈춰 선 독고풍의 뒷모습을 보면서 묵직한 목소리로 말했다.

"방주가 한 가지만 약속해 준다면 요구한 정예고수 오천 명을 내놓겠소."

그는 다시 독고풍에게 '하오'를 썼다.

예상하지 못했던 말이지만 독고풍은 표정 하나 변하지 않았다. 그 대신 천천히 돌아서 태무천을 응시하면서 다음 말을 기다렸다.

태무천은 독고풍의 얼굴을 똑바로 주시하며 말을 이었다.

"귀하가 장차 무림 제패를 하지 않겠다고 약속해 주시오."

독고풍의 눈빛이 보일 듯 말 듯 미미하게 흔들렸다.

태무천이 그것을 발견했는지는 알 수 없다. 그는 이왕 내친 김에 더 솔직하게 말했다.

"무적방과 정협맹, 대동협맹에서 각각 최고의 정예고수들을 선발하여 은밀히 서장으로 이동, 대천신등을 습격한다는 계획은 더할 나위 없이 좋소. 노부도 전적으로 찬성하오."

그의 눈빛이 약간 날카로워졌다.

"그러나 그렇게 하고 나면 중원무림은 무인지경이 되고 마오. 수많은 방, 문파들이 있다고 하지만 무적방이 짓밟으려고 마음만 먹으면 어려운 일이 아닐 것이오."

독고풍은 속으로 뜨끔했으나 겉으로는 태연했다.

"방주는 대천신등을 염려하지만 노부는 무적방을 염려하

오. 그래서 중원무림을 지키려고 고수를 오백만 내놓겠다고 한 것이오."

'늙은 너구리 같은 놈!'

정곡을 찔린 독고풍의 얼굴은 담담한 표정이었지만 속으로는 이를 갈았다.

태무천은 집요한 표정을 지었다.

"지금 이 자리에서 이후 무림 제패를 하지 않겠다고 약속해 주면 즉시 정예고수 오천을 내놓겠소."

독고풍은 즉시 고개를 끄덕였다.

"그런 것이라면……."

"전대 대마종의 이름에 걸고 약속해 주겠소?"

"……."

태무천이 말을 자르고 '전대 대마종' 을 들먹이자 독고풍은 꿀 먹은 벙어리가 돼버렸다.

사실 그는 방금 거짓말로 약속을 하려고 했다.

일단 이 자리에서는 거짓으로 약속을 하고 나서 대동협맹으로부터 정예고수 오천 명을 받아서 대천신등을 공격하는 데 요긴하게 써먹은 후 나중에 천하를 제패하면 그만이라고 생각한 것이다.

그런 약속이라면 열 번, 스무 번 얼마든지 해줄 수가 있지만 느닷없이 '전대 대마종' 의 이름을 걸고 약속을 하라는 말을 듣자 독고풍은 갑자기 가슴이 답답해지면서 할 말을 잃은 것이다.

왜 그런 것인지 이유는 모른다. 그저 그래서는 안 될 것 같은 막연한 기분이 들었다.

독고풍의 짙은 눈썹이 슬쩍 찌푸려졌다.

'죽은 아버지 이름을 걸고 약속하라니, 무슨 개수작이야?'

그는 아직 '명예'라는 것의 의미를 모른다.

명예란 천하가 인정하는 지위나 권위, 공로를 뜻한다. 그것에 걸고 약속을 하면 약속이 아닌 맹세가 된다. 그리고 맹세를 어기게 되면 명예가 땅에 떨어지는 것이다.

'흥! 아버지 아니라 무엇에라도 약속할 수 있지. 그까짓 게 무슨 대수하고.'

독고풍은 내심 결정을 내렸다. 죽은 아버지의 야망은 천하제패였다.

한 번만 거짓 약속을 해주고 나중에 천하를 제패하면 아버지의 야망을 이루어주는 것이 아닌가. 이건 거저먹는 것이나 다름없다는 생각이 들었다.

그때 태무천의 진중한 목소리가 그의 고막을 울렸다.

"일단 약속을 한 후, 만약 그것을 어기면 천하가 전대 대마종을 하찮게 여기게 될 것이오."

'아버지를 하찮게?'

독고풍은 속에서 무언가 불끈 치미는 것을 느꼈다.

그가 하려는 것은 거짓 약속이다. 그러므로 그것은 반드시 깨어지게 되어 있다. 그렇게 되면 아버지가 하찮은 인간이 된다는 것이다.

그는 막 내뱉으려던 말을 꿀꺽 삼켰다. 거짓 약속도, 천하제패도 좋지만 아버지를 하찮은 인간으로 만들 수는 없다는 생각이 들었다.

이런 일에 익숙하지 않은 그는 도움을 바라듯 적멸가인을 쳐다보았다.

그녀는 싸늘하게 굳은 얼굴로 태무천을 쏘아보며 막 냉랭한 호통을 터뜨리고 있었다.

"참으로 가증스럽구나, 태무천!"

태무천의 반백의 눈썹과 아이처럼 붉은 얼굴이 가볍게 찌푸려졌다.

얼마 전까지만 해도 자신의 사랑스러운 여제자였던 그녀에게 당하는 일이라서 수치스러움이 배가됐다.

그러나 적멸가인은 추호도 개의치 않았다. 아니, 오히려 얼마 전까지 태무천 같은 인간하고 자신이 사제지간이었다는 사실이 그녀를 더욱 분노하게 만들었다.

"네놈이 내 시아버님이신 대마종께 저지른 죄악은 하늘이 알고 땅이 알고 온 천하가 다 아는 사실인데, 네놈의 그 더러운 주둥이로 어찌 대마종을 들먹이느냐?"

그녀의 입에서 추상같은 꾸중이 와르르 쏟아졌다. 한때 사부였던 사람에게 도저히 할 수 없는 말이다.

그러나 말투보다는 그 내용 때문에 태무천은 입도 벙긋하지 못했다.

전대 대마종을 이용하고 또 배신했던 일들이 보이지 않는 족쇄와 수갑이 되어 그의 손발을 칭칭 묶었다.

"아미타불… 정아, 너의 말이 너무 심하구나."

그때 적멸가인의 왼쪽에서 카랑카랑한 여자의 목소리가 들려왔다.

적멸가인은 그쪽을 쳐다보지 않고 목소리만 듣고도 그녀가 누군지 대빈에 깨달았다.

예전에 그녀를 몹시 귀여워해 주던 아미파의 장문인 자오 신니(慈悟神尼)다.

순간 적멸가인의 눈에서 새파란 안광이 흘러나왔다.

그녀는 쳐다보지도 않고 자오 신니가 있는 방향을 가리키면서 독고풍에게 낮게 외쳤다.

"풍 랑! 저년도 아버님을 죽인 별유십오인 중 한 명인 자오 신니예요! 죽이세요!"

방금 적멸가인을 꾸짖었던 자오 신니의 얼굴이 분노로 새빨갛게 돌변했다.

그녀는 벌떡 일어서며 수중의 옥적(玉笛)으로 적멸가인을 가리키며 엄히 꾸짖었다.

"감히 네가 노니에게 그런 식으로……."

그러나 그녀는 말을 잇지 못했다. 갑자기 온몸이 뻣뻣해지면서 적멸가인을 향해 쏜살같이 날아갔기 때문이다. 그러나 그것은 그녀의 의지가 아니었다.

슥!

자오 신니는 몸이 장작처럼 굳어진 채 적멸가인 앞에 우뚝 세워졌다. 그러나 두 발은 바닥에서 반 자쯤 떠 있었다.

그래서 중인은 누군가, 아니, 독고풍이 그녀를 제압하고 있다는 사실을 깨달았다.

그러나 정작 독고풍은 팔짱을 낀 자세로 태연하게 서 있었다.

스릉!

적멸가인은 어깨의 검을 뽑아 자신의 앞에 서 있는 자오 신니의 목을 찌를 듯이 가리켰다.

"아버님께 저지른 네 죄의 용서를 빌어라."

눈빛이 무기라면 이미 그녀는 눈빛만으로 자오 신니를 난도질했을 것이다.

자오 신니는 난데없이 당한 일에 당황했으나 일파 지존답게 곧 침착함을 되찾았다.

"노니는 용서를 빌어야 할 죄를 지은 적이 없다."

"이년! 아버님과 사대종사를 연회에 초청하는 척 꾸며서 함정에 빠뜨렸던 것이 죄가 아니라는 것이냐?"

평소 침착함을 잃지 않는 적멸가인이 한번 분노를 터뜨리자 실내 전체를 얼음 굴로 만들 정도로 살벌했다.

독고풍은 부친을 죽인 원수를 목전에 두고 자신이 호통을 치다고 해도 그녀보다는 못할 것이라는 생각이 들었다. 그래서 내심 흐뭇한 마음이었다.

"무림의 악을 제거하기 위해서라면, 그리고 중원무림의 평화를 위해서라면 노니는 그보다 더한 짓도 서슴지 않고 할 수 있다."

자오 신니는 눈 하나 까딱하지 않고 당당하게 자신의 소신을 밝혔다. 비록 비뚤어진 정의지만 그녀는 그것을 철석같이 신봉했다.

그녀가 적멸가인의 검 앞에서 꼼짝도 못하는 신세지만 누구도 선뜻 나서려 들지 못했다.

독고풍의 무소불위한 능력에 대한 두려움과 아직 태무천의 지시가 없기 때문이다.

적멸가인이 흰 이를 드러내며 자오 신니가 이승에서 마지막으로 듣게 될 말을 흘려냈다.

"저승에 가거든 아버님께 용서를 빌어라."

이어서 그녀는 가볍게 손목을 떨쳤다.

삭!

산들바람이 풀잎을 스치는 듯한 미약한 음향과 함께 검이 자오 신니의 목을 가로로 스치자 그녀의 머리통이 둥실 수직으로 반 장가량 떠올랐다.

설마 하던 중인의 얼굴에 경악지색이 떠올랐다.

적멸가인이 모두에게 보이려고 일부러 자오 신니의 목을 떠오르게 했지만 잘려진 단면에서는 한 방울의 피도 흘러나오지 않았다.

퉁! 떼구루루.

머리통이 바닥에 떨어져 튕기며 구르다가 얼굴을 태무천 쪽으로 향한 채 똑바로 멈춰 섰다.

검이 목을 베는 순간의 흐릿한 느낌 때문인지 수급은 움찔 놀라는 표정을 짓고 있었다.

태무천은 수급에서 시선을 떼지 않았다. 그의 눈초리가 가늘게 파르르 떨렸다.

"맹주."

"맹주! 저 포악무도한 자들을 죽이라고 명령을 내려주시오!"

남아 있는 대동육협이 분노와 치욕이 범벅된 표정으로 피를 토하듯이 태무천을 종용했다.

그러나 태무천은 가늘게 수염을 떨면서 지그시 어금니를 악물고 있을 뿐 침묵을 지켰다.

그는 두 가지 이유 때문에 독고풍을 죽이라는 명령을 내리지 못하고 있었다.

독고풍을 제압하려면 태무천 자신과 극현 진인을 제외한 대동육협 전원이 죽음을 당할 것이라는 계산이 나왔다.

그가 판단한 독고풍의 실력이라면 능히 그러고도 남았다.

단지 독고풍을 제압하는 것이 목적이라면 대동육협이 아

니라 극현 진인을 희생시켜서라도 강행할 것이다.
 그러나 그런 희생을 감수하면서까지 독고풍을 제압해 본들 득이 없다.
 아니, 득은 눈꼽만큼도 없는 반면에 기다리고 있는 손실은 어마어마하다.
 손실 정도가 아니라 중원무림이 괴멸하는 광경이 손에 잡힐 듯이 눈에 선하다.
 독고풍은 대천신등을 공격하기 위한 중원 연합 세력의 창시자이며 암묵적인 지도자다.
 그런 그를 죽이면 연합 세력의 구심점이 사라지는 것이고, 그것은 연합 세력의 와해로 이어질 것이며, 대천신등을 급습하는 계획은 물거품이 되고 마는 것이다.
 그다음은 대천신등의 중원 침공과 중원무림의 파멸이라는 돌이킬 수 없는 결과를 맞이해야만 한다.
 차선책으로, 무적방을 제외하고 대동협맹과 정협맹만으로 중원 연합 세력을 결성하는 방법이 있지만, 태무천과 북궁연, 대동협맹과 정협맹의 껄끄러운 관계를 생각하면 제대로 될 리가 없다.
 수양심이라면 무림에서 태무천보다 더 깊고 강한 인물이 없을 것이다.
 그는 이 고비를 잘 넘기고 독고풍이 무림 제패를 하지 않겠다는 약속만 해준다면, 대동협맹의 정예고수 오천 명이 아니라 전부라고 해도 기꺼이 내줄 마음의 준비가 되어 있다.

설마 그가 부친의 이름을 걸고 한 약속을 어길 것이라고는 생각하지 않기 때문이다.

"이봐."

그때 독고풍이 태무천을 보면서 툭 뱉듯이 입을 열었다.

"지금 나는 네놈들을 깡그리 죽이고 싶은 것을 간신히 참고 있는 거야. 네놈들은 아버지를 죽인 원수 놈들이잖아. 손이 근질거리고 심장이 벌떡거려도 꾹 참고 있다는 사실을 알아두라는 말이다."

그는 몸을 돌리며 말을 이었다.

"쓰레기 같은 네놈들이라도 남아서 중원을 지키고 있어야 대천신등이 우리를 짓밟고 중원으로 들이닥치게 되는 일이 벌어지더라도 맞서 싸울 것이 아닌가?"

그의 목소리는 차갑지도, 비웃음이 담기지도 않았다. 그저 담담했다.

태무천은 독고풍에게 부친의 이름을 걸고 약속을 시키는 것은 강 건너갔다고 판단했다.

하지만 독고풍을 이대로 보내서는 안 될 것 같다는 생각이 들었다. 이것은 일이 해결된 것이 아니라 더욱 꼬여 버린 형국이다.

독고풍 일행이 대전 입구에 이르렀을 때 적멸가인이 툭 한마디 던졌다.

"대천신등의 이십오만 고수가 서장을 출발했다는 보고를 받았다."

그리고 세 사람은 대전을 나가 버렸다.

태무천과 극현 진인, 대동육협은 망연자실한 표정으로 그 자리에 굳어버렸다.

대천신등이 중원을 침공하기 위해서 기어코 서장을 출발하다니, 그야말로 청천벽력 같은 말이었다.

그런 사실을 대동협맹은 까맣게 모르고 있었다. 그것은 무석방의 정보망이 대동협맹보다 훨씬 우위에 있다는 사실이다. 그것 하나만 보더라도 무적방은 중원을 지키는 데 없어서는 안 될 존재다.

그때 대전 밖에서 자미룡의 낭랑한 목소리가 바람결에 들려왔다.

"대동협맹의 오백 명 따윈 필요없다."

이후 잠시가 지나도록 아무런 말도 들려오지 않았다. 독고풍 일행이 대동협맹 총단을 떠난 것이다.

"맹주."

잠시 침묵이 흐른 후 극현 진인이 태무천을 쳐다보며 건조한 목소리로 입을 열었다.

태무천은 대답하지 않고 약간 고개를 숙인 채 깊은 생각에 잠겨 있었다.

실내에는 어둡고 무거운 긴장감이 흘렀다. 대천신등이 중원을 향해 출발했다는 사실은 모두에게 엄청난 충격을 안겨준 것이 분명하다.

또한 대동협맹의 오백 고수가 필요없다는 것은 대동협맹을 중원 연합 세력에서 제외하겠다는 뜻이다.

방금 전에 대동협맹은 중원에서 외톨이가 되었다.

강 건너에 있던 재앙이 강을 건너 이쪽으로 향하고 있다.

만약 중원에서 전쟁이 벌어진다면 승패를 떠나서 중원은 이십여 년 전처럼 엄청난 전쟁의 피해, 즉 전화(戰禍)를 겪게 될 터이다.

그러나 전쟁은 결코 그것만으로 끝나지 않는다. 대천신등이 승리를 하게 되면—그렇게 될 가능성이 높지만—그때부터 중원무림은 언제 끝날지 모르는 암흑의 시대를 맞이하게 될 것이다.

중원무림을 장악하고 난 이후의 대천신등의 행보는 과연 무엇인가?

그들의 기세로 미루어볼 때 중원무림만으로는 만족하지 않을 것이다.

'그다음은 천하인가? 대명제국을 무너뜨리고 대륙 전체를 갖겠다는 야심인가?'

태무천의 고뇌가 길어지고 있었다.

第百六章
절대 죽지 마라!

대마종
大慶宗

안휘성 합비 대동협맹 총단을 출발한 독고풍과 적멸가인, 자미룡은 사흘 만에 감숙성(甘肅省) 서쪽 끝자락에 위치한 임담현(臨潭縣)에 당도했다.

합비에서 임담현까지는 장장 이천오백여 리의 먼 거리다. 그것을 불과 사흘 만에 주파한 것이다.

독고풍은 두 팔로 적멸가인과 자미룡을 좌우에 안고 지상에서 삼십여 장 높이로 떠올라 섬광비류행을 전개했다.

그 정도 높이의 허공에는 지상과 다른 것들이 있다. 기류(氣流)가 흐르고 공기의 층이 다르다.

적당한 기류에 몸을 싣기만 하면 평범한 경공 정도만으로도 지상에서보다 서너 배 이상의 속도를 낼 수 있다.

그렇거늘 하물며 무림 최고의 경공이라는 섬광비류행을 전개했으니 그 속도가 오죽 빠르겠는가.

또한 한 움큼의 공력으로 전개할 수 있어서 추호도 피로를 느끼지 못했다.

아니, 출신입화지경에 이른 독고풍은 아예 피로라는 자체를 모른다.

심신이 절반쯤 신의 영역에 진입해 있는데 피로 따위를 느낀다는 것은 말이 되지 않는다.

게다가 그는 사흘 동안 한 번도 지상에 내려오지 않았으며 한숨도 자지 않았다.

하지만 그의 사랑스러운 셋째, 넷째 아내는 이따금 그의 품에서 곤히 잠이 들기도 했다.

무적사마영과 설란요백을 비롯한 무적삼군장, 그리고 무적방에서 선발된 천 명의 정예고수들은 반나절 전에 임담현에 도착했다.

정예고수들은 인근의 가까운 산속에서 휴식을 취하고 있으며, 측근들만이 임담현 내 주루에서 기다리고 있다가 독고풍 일행을 맞이했다.

대동협맹 총단에서의 결과는 출발하기 전에 전서구로 보냈으므로 설란요백 등은 그 사실을 잘 알고 있었다.

주루의 어느 방 안에 독고풍과 적멸가인, 자미룡을 비롯하여 무적사마영과 무적삼군장 도합 열 명이 커다란 탁자 둘레에 앉아 있다.

"혹시 모르는 일이라 요마삼군단의 일군단 천 명을 선발하여 가까운 산속에 대기시켜 두었습니다."

제일 먼저 설란요백이 공손히 입을 열었다.

매사에 치밀한 성격인 그녀는 혹시 정예고수들이 더 필요하게 될지 모르는 상황이 벌어질 것까지 염두에 두었다.

만약 그런 상황이 닥치게 되면 수천 리 멀리 떨어진 중원에서 무적방 고수들을 불러들이는 것이 불가능한 일이라서 미리 손을 써둔 것이다.

"요백 할매, 요마일군단의 수준은 어느 정도지?"

요마삼군단은 과거 요선계의 후예들로만 이루어져 있으며, 장차 사마총혈계의 부흥을 꿈꾸면서 설란요백이 직접 기른 고수들이다.

독고풍은 요마삼군단의 수준을 대충 알고 있었지만 더 정확하게 알고 싶었다.

"기존의 무적방 고수들보다 한 수 위입니다. 평균적인 공력은 일 갑자 반 수준이고, 요선마후의 절학을 칠 할 이상 완벽하게 연공했습니다."

구십 년 공력에 요선마후의 절학을 배웠다면 요마삼군단 여고수들의 수준은 일류고수 상급에 속한다고 볼 수 있다.

"무적사마영이 가르친 천 명과 비교하면 어떻지?"

독고풍이 한쪽에 나란히 앉은 무적사마영을 턱으로 가리키자 설란요백은 그들을 쳐다보지도 않고 즉시 대답했다.

"지금 현재로 봤을 때 무적대마군(無敵大魔軍)이 반 수 정도 고강합니다."

"무적대마군?"

"선발된 천 명에게 적당한 호칭이 없어서 그냥 우리끼리 부르는 호칭입니다."

"무적대마군이라……. 좋군."

독고풍은 가볍게 고개를 끄덕이고 무적사마영을 보면서 미소로 치하했다.

"수고했다, 무적사마영."

원진 이하 네 명은 공손히 고개를 숙였다.

"서장 놈들에 대해서 얘기해 보게."

독고풍의 명령에 설란요백이 품속에서 종이를 꺼내 펼쳤다. 그것은 서장에서 감숙성에 이르는 산악 지대가 그려진 한 장의 지도인데, 여러 곳에 붉은색의 표시가 돼 있었다.

설란요백은 지도의 윗부분을 가로로 왼쪽에서 오른쪽으로 그어 보이면서 설명했다.

"놈들은 이십오만여 전체 고수를 이십오 개 무리로 나누어 동진하고 있습니다."

일단은 좋은 소식이다.

독고풍은 그들이 최소한 열 개의 무리로 나누어서 이동할 것이라고 예상했는데 더 많은 이십오 개로 나뉘었다니 상대하기가 훨씬 수월할 것이다.

"그런데 좀 특이한 형태입니다. 이십오 개 무리에 각자 고유의 이름을 붙였다는 것입니다."

"어떤 이름인데?"

"제일대가 정군(丁軍), 이대가 미군(未軍), 삼대가 곤군(坤軍) 식이고, 맨 마지막인 이십사대가 오군(午軍)입니다."

독고풍은 의아한 표정을 지었다.

"그게 뭐지?"

다른 사람들은 듣는 순간 그것이 무언지 즉시 알아차렸지만 독고풍은 그렇지 못했다.

그의 왼쪽에 앉은 적멸가인이 빙그레 미소 지으며 설명했다.

"정, 계, 축, 임 따위는 이십사방위(二十四方位)를 가리키는 거예요."

"그래? 역시 정아는 똑똑하구나."

독고풍은 헤벌쭉 웃으며 그녀의 허벅지를 슬슬 쓰다듬다가 가볍게 의아한 표정을 지었다.

"이십오 개 무리라면서? 그럼 하나가 남잖아?"

"나머지 하나는 천신황이 직접 이끄는 천군(天軍)입니다. 거기에는 대천칠군이 속해 있으며, 다른 무리보다 절반 이상 많은 일만 육천여 명의 고수로 이루어져 있습니다."

"음. 중원정벌총군이 도합 이십오만 육천육백 명이라고 했으니까 꼬랑지 육천 명이 천군에 붙었군."

독고풍은 고개를 끄덕였다.

"그 정도인가?"

"두 개 더 있습니다, 주군."

일전에 독고풍이 그녀에게 자신을 손녀사위로 대하라고 해서 어렵게 그리됐었다.

그런데 지금은 그 사실을 까맣게 잊은 채 꼬박꼬박 극존칭을 하는 설란요백이었다. 그리고 사태가 너무 긴박하다 보니까 독고풍도 깜빡하고 있었다.

"뭐지?"

"대천신등 중원정벌총군의 각 군에는 대천십등 십등급의 고수들이 고르게 포함되었습니다."

"각 군 일만 명 중에 대천십등 일등인 일절신제부터 십등인 십살흑풍까지 골고루 들어 있다는 건가?"

"그렇습니다."

독고풍은 진지한 얼굴로 중얼거렸다.

"그것은 우리 중원 연합 세력이 급습할 것에 대비한 것인가?"

"그런 것 같습니다."

예를 들어, 한 개의 무리 일만 명이 십등인 십살흑풍으로만 구성되었다면 급습을 당했을 때 위험하다. 그래서 일만 명을 십 등급으로 고르게 분산 배치한 것이다.

"또 하나는 뭐지?"

설란요백의 설명이 이어졌다.

"대천신등의 중원정벌총군 이십오군이 이동하는 각자의 거리가 삼십 리를 넘지 않는다는 것입니다."

"삼십 리? 그거 곤란하군."

독고풍은 얼굴을 찌푸리며 중얼거렸다. 산속에서 삼십 리면 꽤 먼 거리 같지만 그렇지 않다.

예를 들어, 독고풍 쪽이 대천신등 이십오군 중에서 한 개 군을 공격했다고 치자.

자그마치 일만 명과의 싸움이니 아무리 빨리 끝난다고 해도 반나절 이상은 족히 걸릴 것이다.

그러므로 싸우고 있는 동안 가까이에 있던 다른 무리가 달려오게 될 것이고, 삼십여 리 거리라고 해봤자 반 시진도 걸리지 않을 터이다.

그렇게 되면 싸움은 독고풍 쪽에 절대적으로 불리해지고, 자칫하다가는 돌이킬 수 없는 치명타를 입어 대천신등을 몰살시키려는 계획 자체가 무산될 수도 있는 것이다.

아무리 생각해도 각 군끼리의 거리가 삼십여 리라는 것은 너무나 가깝다. 그래서는 급습을 시도할 수조차 없다.

하지만 포기나 절망, 후회 같은 것들은 독고풍하고는 눈곱만큼도 친하지 않다.

잠시 눈살을 찌푸리고 있던 그는 일어서며 대수롭지 않다는 듯 말했다.

"뭔가 좋은 방법이 있을 거야. 다들 생각해 봐."

그러면서 그는 한쪽에 꼿꼿한 자세로 앉아 있는 양신웅과 오도겸을 쳐다보며 빙그레 미소 지었다.

"자네들 오랜만이로군."

구주군장 양신웅과 만신군장 오도겸은 벌떡 일어났다가 깊숙이 허리를 굽혔다.

"주군, 강녕하셨습니까?"

그러나 두 사람의 허리는 굽힐 때보다 더 빠르게 펴졌다. 독고풍이 그리한 것이다.

"잘 지냈나?"

아무렇지도 않게 툭 던지는 독고풍의 한마디에 두 사람은 감개무량한 표정이 되고 말았다.

독고풍이 무림에 나와서 처음으로 갖게 된 직업이 항주성 황룡표국의 최말단 쟁자수였으며, 양신웅은 그곳의 제이인자인 총표두라는 신분이었다.

그 당시에 독고풍이 정협맹 휘하 중원삼십육태두 중 하나인 구룡방을 없애고 그 자리에 무적방을 세우려고 했을 때 양신웅이 제일 먼저 그의 수하가 되기를 자청했었다.

표국주이며 은예상의 숙부인 은기도마저 독고풍에게 등을 돌렸는데도, 양신웅은 독고풍이 큰 그릇이라는 사실을 깨달고 총표두로서의 탄탄한 기반을 버리고 두말없이 그를 따라 나서 오늘에 이르고 있는 것이다.

오도겸은 양신웅을 만난 직후에 만났다. 독고풍이 쟁자수로서 최초의 표행에 나섰을 때 그가 운반하던 표물을 약탈하려고 했던 무리의 우두머리가 바로 오도겸이었다.

그 당시에 오도겸은 균현이 보주로 있는 사혼보의 홍염당 당주라는 신분이었다.

사파인 사혼보는 원래 표물을 약탈하지 않지만, 그 당시에 사혼보는 몹시 궁한 처지였고 독고풍이 운반하던 표물이 무기였기에 어쩔 수가 없었다.

이후 독고풍은 균현을 무적방의 혈검군장으로 임명할 때, 그의 수하인 오도겸을 만신군장으로 전격 발탁하여 두 사람을 같은 지위로 만들어 버렸었다.

그때 이후 양신웅과 오도겸은 묵묵히 맡은바 소임을 다하며 독고풍의 기대를 저버리지 않았다.

그리고는 마침내 중원과 서장의 전쟁에 독고풍과 함께 싸우기 위해서 한달음에 달려온 것이다.

독고풍의 물음에 두 사람은 다시 허리를 굽히려다가 움찔 멈추고 공손히 대답했다.

"오랜만에 주군과 함께 싸우게 되어 기분이 좋습니다."
"이날을 기다려 왔습니다."

독고풍은 고개를 끄덕였다.

"좋아, 우리 한번 원없이 싸워보자고."

이어서 그는 원진을 쳐다보았다.

"원진, 수하들은 좀 강해졌나?"

무적군을 제외한 무적사군에서 선발한 천 명, 즉 무적대마군을 말하는 것이다.

"예전에 비해 절반 정도 강해졌습니다."

"괜찮군. 수고했네."

괜찮은 정도가 아니다. 불과 두어 달 만에 무적대마군 천 명이 절반이나 고강해졌다는 것은 경악할 만한 일이었다.

그것은 두 가지 이유 덕분이다. 첫째는 무적대마군이 무림 최강인 대마종의 절학을 연마했기 때문이고, 둘째는 무적사마영의 가르침이 기여한 바가 컸다.

무적대마군 천 명은 대마종의 절학을 배우는 지난 두 달 동안 한 가지 생각을 가장 많이 했다.

죽고 싶다는 생각이다. 그렇게 해서라도 무공 연마에서 해방되고 싶었다. 무적사마영의 훈련 방법은 그만큼 지독했다.

설란요백이 한 가지 더 보고했다.

"주군, 정협맹은 닷새 후에, 녹천대련은 사흘 후에 도착한다는 연락이 왔습니다."

독고풍은 고개를 끄덕이고 문으로 걸어갔다.

"좋아, 그렇다면 우린 일단 산으로 들어가자."

임담현은 무려 사천 척 높이의 고산 지대이며, 서경산(西傾山)의 끝자락이면서 감숙성과 청해성의 성계(省界)에 위치해 있다.

그곳에서부터 서쪽으로는 아무리 가도 끝날 것 같지 않은 광활한 대산맥 군이 펼쳐진다.

산세가 너무도 험준해서 사람들은 아예 진입할 엄두조차 내지 못한다.

그런 대산맥군에 비하면 서경산은 야산이라고 할 수 있지만, 최고봉의 높이가 오천 척이 훌쩍 넘어 중원에서 가장 높은 산보다 두 배 이상 높다.

서경산 서쪽 산자락에서 십여 리가량 들어간 어느 계곡에 천여 명의 사람이 모여 있었다.

무적대마군이다. 그들은 계곡 중앙을 급히 흐르는 조하(洮河) 변의 드넓게 펼쳐진 자갈밭에 한쪽 방향을 향해 질서정연하게 도열해 있었다.

그들의 전면에는 독고풍이 서 있고, 그의 좌우에는 적멸가인과 자미룡이, 뒤에는 무적사마영과 설란요백, 양신웅, 오도겸이 일렬로 늘어서 있었다.

무적금위대와 무적군은 보이지 않는 곳에서 주위를 경계하고 있는 중이었다.

무적금위대는 며칠 전에 다섯 명의 광세가 옥봉원을 급습했을 때 우문보를 비롯한 여덟 명이 목숨을 잃었다.

무적금위대는 최초에 모두 무적군에서 선발되었었다. 그 이후 무적금위대는 몇 차례 치열한 싸움에서 많은 인원을 잃었고, 그때마다 무적군에서 다시 선발하여 보충했다.
 그러다 보니 무적군은 오래지 않아서 반 도막짜리가 돼버리고 말았다.
 독고풍은 임담현에서 무적금위대와 무적군을 둘러보고는 아예 둘을 합쳐서 원래의 무적군으로 환원시켜 버렸다.
 그래 봐야 현재 인원은 삼십이 명에 불과했다. 그러나 그들이야말로 수많은 실전과 끊임없는 부공 연마 끝에 탄생한 무적방의 최정예라고 할 수 있었다.
 독고풍은 도열해 있는 무적대마군을 충분한 시간을 갖고 천천히 살펴보았다.
 그의 눈빛과 표정은 마치 오랫동안 헤어져 있던 형제를 다시 만난 듯 반가움으로 빛나고 있다.
 무적대마군 천 명의 몸은 쇳덩이 같았고, 얼굴은 강인하게 구릿빛으로 그을렸으며, 눈빛은 깊숙하게 가라앉아 마치 저승사자들 같았다.
 그런 것만 봐도 그들이 얼마나 강해졌는지 미루어 짐작할 수 있었다.
 그렇지만 자신들을 찬찬히, 그리고 일일이 살펴보고 있는 독고풍을, 그리고 형제와 재회한 듯한 그의 표정을 대하고는 무적대마군은 반가움과 감격이 솟구쳐 올라 더 이상 저승사자 같은 모습을 유지할 수가 없었다.

"모두 건강하구나."

독고풍의 그 한마디에 무적대마군은 지난 두어 달 동안의 지옥 같았던 무공 연마 과정들이 한순간에 사라져 버리는 것을 느꼈다.

"편히들 앉아라."

그렇게 말하면서 독고풍이 먼저 그 자리에 책상다리를 하고 퍼질러 앉았다.

적멸가인과 자미룡, 그리고 그 뒤에 서 있던 사람들과 무적대마군도 모두 바닥에 앉았다.

그런데도 옷이 부스럭거리는 소리조차 들리지 않았고 행동이 일사불란했다.

"적을 많이 죽이라고 하지 않겠다."

독고풍이 마치 오랜 친구에게 말하듯 편안한 말투로 말문을 열었다.

"무슨 일이 있어도 살아남아라. 그러면 이 싸움이 끝난 후에 나와 함께 천하의 꼭대기에 서게 될 것이다."

무적대마군의 강인한 얼굴에 설핏 기대의 표정이 떠오를 듯 말 듯했다.

"이상이다."

독고풍은 긴말을 하지 않았다. 방금 한 말이 그가 하고 싶은 말의 전부였다.

살아남아라. 그리고 천하의 꼭대기에 함께 서자. 그 말이면 충분했다.

그때 독고풍의 눈이 가볍게 빛났다. 그의 시선은 무적대마군의 뒤쪽에 고정되어 있었다.

맨 뒤와 그 앞 열에 앉은 사람들의 모습이 어딘지 다른 사람들과 달라 보였다.

그들은 천여 명의 맨 뒤에 있었기 때문에 처음에는 눈에 띄지 않았었다.

그들은 얼굴과 손이 푸르스름했으며 눈썹과 머리카락이 없고 머리에는 검은 두건을 썼다. 그리고 눈에 동공과 흰자위가 없으며 온통 먹물처럼 검었다.

"너희들……."

독고풍은 적이 놀란 얼굴로 벌떡 일어나 그들에게 성큼성큼 걸어갔다.

어느 누구보다 강심장인 그가 지금처럼 놀라는 모습을 그의 측근들은 한 번도 본 적이 없다.

적멸가인과 자미룡, 무적사마영 등도 모두 일어나서 그를 따라갔다.

그가 다가오자 푸른 얼굴의 수하들이 일제히 일어섰다. 그들은 정확하게 백 명이었다.

걸음을 멈추고 그들을 쓸어보는 독고풍의 표정이 복잡하게 변했다.

"너희들, 독인(毒人)이 되었구나."

그들은 무적오군의 만신군에서 무적대마군으로 선발된 수하들이다.

당연한 일이지만 만신군의 독고수(毒高手)들은 무공보다는 독을 더 잘 다뤄야 한다.

그렇지만 일반인이 독을 다루는 데에는 한계가 있다. 서생이 먹을 갈아 글을 쓰면서 손에 먹물을 묻히지 않을 수 없듯이, 독고수들은 항상 독에 노출된 상태에서 언제 화를 입을지 모른다.

그것은 외줄타기와 비슷하다. 높은 허공에서 외줄을 타다가 땅에 떨어지는 것과 독을 다루다가 중독되는 것은 같은 결과를 초래한다. 결과는 둘 다 죽음이다.

독을 다루다가 독에 중독되어 폐인이 되거나 죽지 않으려면 독에 강한 내성(耐性)이 있어야 한다.

내성을 가지려면 독인이 되는 방법뿐이었다. 만독신군의 특수한 용독법(用毒法)에 따라 온몸을 독화(毒化)시키는 것이다.

그리고 나면 웬만한 독은 거의 다룰 수 있게 되고 어지간해서는 중독되지 않는다.

하지만 독인이 되기 위해서는 큰 희생을 치러야만 한다. 온몸이 독으로 채워져 있는 상태인 독인은 정상적인 인간으로서의 생활을 할 수가 없다.

물론 먹고 배설하고 행동하는 등의 일반적인 제반 행동은 거의 다 할 수 있다.

다만 여자와 정사를 하지 못한다. 정사를 하는 순간 여자가 중독되어 죽어버리기 때문이다.

그러므로 이미 가정을 갖고 있는 독인은 가정을 버려야만 하고, 혼인을 하지 않은 독인은 이후 죽을 때까지 여자와의 정사는 물론이고 가정을 갖지 못하게 되는 것이다.

그것은 무엇보다도 큰 희생이다. 인생의 가장 큰 즐거움과 기쁨을 잃은 것이라고 해도 지나친 말이 아니다.

"주군, 그들이 자발적으로 원했습니다."

독고풍을 따라온 만신군장 오도겸이 공손히 말했다.

"너……."

문득 어떤 것에 생각이 미친 독고풍은 오도겸을 돌아보다가 어이없는 표정을 지었다.

"오도겸, 너도 독인이 되었구나."

오도겸은 우뚝 선 채 아무 말도 하지 않았다. 독고풍은 그의 모습이 평소와 다름없어서 그가 독인이 됐을 것이라고 미처 생각하지 못했던 것이다.

그가 수하들처럼 모습이 변하지 않은 이유는 그들보다 공력이 높기 때문이다. 그러나 단지 그것뿐, 다른 것은 독인과 똑같다.

독고풍이 좀 더 눈여겨봤더라면 그의 입술이 약간 푸르스름하게 변한 것을 발견하여 그가 독인이 된 사실을 더 일찍 깨달을 수 있었을 것이다.

그때 원진이 오도겸 대신 설명했다.

"만신군장이 제일 먼저 독인이 되었고, 이후 그것을 본 수하들이 앞 다투어 자원해서 독인이 되었습니다. 나중에는 너도나도 독인이 되려고 몰려들어서 소인이 백 명으로 제한을 할 수밖에 없었습니다."

너도나도 앞 다투어 독인이 되려고 했다니……. 독고풍은 뭔가 알 수 없는 답답함이 가슴을 억누르는 것을 느꼈다.

그는 굳은 얼굴로 오도겸을 꾸짖었다.

"오도겸! 어째서 내게 허락을 받지 않았느냐? 왜 너희들 멋대로 독인이 됐느냐는 말이다!"

그가 수하에게 이처럼 언성을 높이는 것은 지금이 처음이었다.

오도겸은 무너지듯 그 자리에 무릎을 꿇고 깊숙이 머리를 조아렸다.

"주군, 외람된 말씀이지만 속하의 소견으로는 중원 연합 세력이 대천신등 이십오만과 싸워서 이기는 것은 불가능합니다. 어떤 획기적인 특단의 방법이 있기 전에는 말입니다."

그의 목소리는 충심과 간곡함으로 가득 차 있었다.

"그래서 독인이 되기로 결심한 것입니다. 독인 한 명은 오십 종류의 독을 체내에 축적할 수 있으며, 그것으로 최대 오백 명의 적을 독살할 수 있습니다."

오도겸의 말을 듣는 동안 독고풍은 가슴이 먹먹해지고 머리가 텅 빈 듯한 기분이 들었다. 무슨 말을 해야겠는데 할 말이 떠오르지 않았다.

"수하들은 제 뜻에 기꺼이 따라주었습니다. 속하들 백일 명은 적을 최대한 오만 명까지 죽일 수 있습니다. 그렇다면 이 싸움은 해볼 만한 것이 됩니다."

그의 말은 불가능한 싸움을 자신들이 희생함으로써 가능한 싸움으로 전환시킬 수 있다는 뜻이었다.

독고풍은 대천신등 이십오만과의 싸움이 쉬울 것이라는 생각은 단 한 순간도 해본 적이 없다.

아니, 오히려 그 반대로 몹시 힘겨운 싸움이 될 것이라고 생각했다.

그렇다고 패배할 것이라는 생각은 하지 않았다. 그래서 나름대로 머리를 쥐어짜고 은예상, 적멸가인과 오랜 시간 상의를 거듭하여 몇 가지 계책을 세워둔 상태다.

물론 그 계책에는 자신과 무적대마군의 독고수들이 독을 전개한다는 것도 포함되었다.

그러나 그들 백일 명이 독인이 됐을 경우를 생각한 적은 추호도 없었다.

그때 오도겸이 고개를 들어 독고풍을 우러러보며 말문을 열었다.

"일개 쟁자수였던 주군을 만난 이후 수많은 생사고락을 함께하여 오늘날 이대 대마종이 되신 모습을 뵈었으니 그것은 속하의 더없는 영광입니다."

한마디 한마디가 충심이고 자신의 뼈와 살을 찢어 내뱉듯이 진심이 어렸다.

"이제 속하들의 마지막 충정이 밑거름이 되어 머지않아 주군께서 천하 위에 우뚝 서게 되신다면 그것이야말로 속하들의 기쁨이며 모든 사독요마의 숙원이 이루어지는 것이 아니겠습니까?"

그러자 백 명의 독인들이 일제히 부복하고 이마를 자갈에 부딪치면서 입을 모아 웅혼하게 외쳤다.

"주군이시여! 부디 숙원을 이루소서!"

뭉클!

독고풍은 누군가 자신의 심장을 힘껏 움켜쥔 것 같은 느낌을 받았다.

또한 등골이 저릿저릿하고 가슴이 따스해지면서 입안이 바짝 말랐다.

그는 오도겸을 비롯한 백 명의 독인이 이 싸움에서 죽을 결심이라는 것을 방금 깨달았다.

아니, 어쩌면 그들은 처음부터 죽을 결심을 하고 독인이 되었을 것이다.

"너희들……."

독고풍은 눈을 부릅뜨고 오도겸과 독인들을 쓸어보며 엄포를 놓았다.

"죽지 마라! 죽으면 내가 용서하지 않겠다!"

그는 쩌렁하게 호통을 치면서도 그들이 자신의 말을 듣지 않을 것이라는 사실을 예감했다.

그들은 죽기 위해서가 아니라 한 명이라도 더 많은 적을 죽이려고 사력을 다할 것이다. 그렇게 하다 보면 결국에는 죽는 길 하나뿐이다.

적이 가장 많이 모여 있는 곳을 찾아 그곳 한복판으로 날아들어 자신의 몸을 산산조각 터뜨리는 것이 적을 최대한 많이 죽일 수 있는 방법이다.

그럴 경우, 독인 한 명이 적을 오백 명가량 죽일 수 있다는 것이다.

부복해 있는 백일 명을 향해 독고풍이 주먹을 휘두르면서 악을 써댔다.

"분명히 말했다! 죽는 놈들은 절대 용서하지 않겠다!"

그의 목소리가 메아리가 되어 멀리에서 웅웅거렸다.

오도겸과 백 명의 독인들은 이마를 자갈밭에 묻은 채 고개를 들지 않았다. 주체할 길 없이 흘러내리는 눈물을 보이지 않으려는 것이다.

第百七章
대천신등의 실체

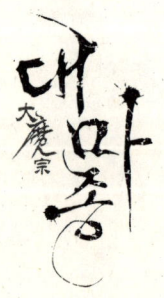

닷새가 지났다.

독고풍이 이끌고 있는 무적대마군은 닷새 동안 서쪽으로 천여 리가량 이동했다.

아무리 험준한 산중이라고 해도 마음만 먹으면 하루에 사백여 리 이상 이동할 수 있는 무적대마군이지만, 독고풍의 지시에 의해 절반인 이백여 리만 이동했다.

두 가지 이유 때문이다.

첫째, 독고풍은 동이 트면 이동하기 시작해서 늦은 오후에 멈추도록 했다.

그때부터 모두에게 충분한 휴식을 취하는 한편 무공을 연마하도록 지시했다.

그러면서 그는 한 명 한 명 일일이 환골탈태와 벌모세수를 시켜주었다.

초창기 무적방 수하들은 그가 모두 임독양맥을 소통시켜 주었던 터라, 환골탈태와 벌모세수를 해주면 그야말로 호랑이에게 날개를 달아주는 격이 되는 것이다.

둘째, 느린 속도로 이동하면서 무적군 삼십이 명에게 주변의 산세(山勢)를 완벽하게 숙지하여 지도를 그려 지니고 있으라고 지시했다.

이후 본격적인 싸움이 벌어지면 산세를 잘 알고 있는 것이 훨씬 유리할 것이라는 적멸가인과 원진의 조언을 받아들인 것이다.

서두를 필요는 없다. 몇천 리쯤 더 빨리 이동해서 일찍 싸움을 벌여본들 결과가 달라지지 않기 때문이다.

느리게 이동하더라도 모두를 조금 더 강건하게 만들고, 얻어낼 수 있는 모든 유리한 조건들을 취합한 후에 싸움을 벌이는 것이야말로 최종적인 승리 쪽으로 몇 발자국 더 가까이 다가가는 길이었다.

요마군장 설란요백에 의해 충원된 요마일군단 천 명은 무적대마군으로부터 반나절 거리에서 따라오고 있는 중이다.

칠 일째, 독고풍과 무적대마군은 출발지인 서경산에서 서쪽으로 천오백여 리 거리인 적석산(積石山)과 안객라산(顔喀喇山)의 경계에 도달했다.

성 전역(全域)이 하늘에 닿을 듯이 높은 거대한 산악 지대와 모래바다인 사막으로만 이루어진 청해성(靑海省)에서 가장 높은 청해삼악(靑海三岳)은 서북쪽의 곤륜산(崑崙山)과 남쪽의 두 산 안객라산과 적석산이다.

독고풍 일행은 그 안객라산과 적석산 사이의 광활한 분지에 칠 일째의 행군을 멈추었다.

분지의 너비는 무려 칠십여 리에 이르고 북서에서 남동으로 팔백여 리나 길게 뻗어 있다.

분지가 긴 이유는 그곳으로 황하의 최상류인 마초하(嗎楚河)가 굽이쳐 흐르고 있기 때문이었다.

독고풍 일행이 쉬고 있는 곳에서 북쪽으로 백오십여 리 거리에 위치해 있는 황하연(黃河沿)이라는 둘레 십여 리가량의 작은 호수가 중원의 젖줄인 황하가 최초로 시작되는 발원지다.

독고풍은 우뚝 서서 전면 저 멀리에 거대하게 솟아 있는 안객라산을 바라보았다.

휘이이.

북쪽에서 시작된 고원 지대의 세찬 바람이 그의 온몸으로 불어와 옷자락이 심하게 펄럭였다.

저기 줄지어 솟아 있는 산봉우리들 너머에서 대천신등의

이십오만 중원정벌총군이 해일처럼 밀려오고 있을 것이다.

그러나 독고풍은 그 어떤 감정도 일어나지 않았다. 오히려 그 어느 때보다도 마음이 고요하고 평온했다.

문득 일부러 생각하려고 하지도 않았는데 오악도에서 사대종사와 생활했던 일들과, 중원에 와서 지금까지 지내온 일들이 한 권의 책을 빠르게 읽는 것처럼 머릿속에 차례로 떠올랐다가 사라졌다.

그런 생각이 끝나자 자신이 지금 이곳에 있다는 사실이 실감이 나지 않았다.

문득 그는 나직이 중얼거렸다.

"내가 과연 천하를 제패할 수 있을까?"

지금까지 그것에 대해서는 한 번도 의문을 품지 않았었는데 갑자기 그런 생각이 떠올랐다.

그의 시선이 저 아래쪽에 모여서 휴식을 취하거나 무공 연마를 하고 있는 무적대마군에게로 향했다.

그는 그들에게 '반드시 살아서 천하의 꼭대기에 함께 올라서자'라고 말했다.

그렇지만 과연 그들의 희생 없이 난적 대천신등을 물리칠 수 있을까?

만약 대천신등과의 싸움에서 승리한다면 저들 중에서 그때까지 살아남아 있을 사람이 몇 명이나 되겠는가?

그는 대천신등과의 싸움에서 승리하자고 외치면서도 수하

들에게는 반드시 살아남으라는 모순된 요구를 하고 있다.

'무엇인가를 이루려고 하면 희생없이는 안 되는 것인가?'

그런 의문이 들었다.

'목표가 크면 클수록 희생도 더 커지는 것인가?'

한 번 생긴 의문은 눈덩이처럼 자꾸 커졌다.

그러다가는 끝내 막다른 의문에 이르렀다.

'도대체 나는 무엇 때문에 천하를 제패하려는 것이지?'

하지만 거기에서 더 생각하고 싶지 않았다. 마치 자신에게 부여된 책임이나 의무를 회피하려는 듯한 비겁하다는 기분이 들었기 때문이다.

적멸가인이 조용한 목소리로 설명을 끝내자 주위에 모여서 듣고 있던 무적사마영과 설란요백, 양신웅, 오도겸은 더없이 기쁜 표정을 지었다.

"정말 주군께서 출신입화지경에 오르신 것입니까?"

여태 적멸가인의 자세한 설명을 듣고서도 쉽사리 믿어지지 않는다는 듯 양신웅이 벌겋게 상기된 얼굴로 물었다.

적멸가인은 엷은 미소를 지으며 고개를 끄덕였다.

"틀림없는 사실이에요. 단언하건대, 풍 랑은 당금 천하에서 가장 고강한 최고수예요."

너무 기뻐서 덩실덩실 어깨춤이라도 출 듯한 표정을 짓는 사람들은 저만치 언덕 위에 우뚝 서 있는 독고풍을 자랑스럽게 바라보았다.
 적멸가인과 자미룡은 마치 자신들이 출신입화지경에 이른 듯 환하게 미소 지으면서 우쭐거렸다.
 "정아."
 그때 독고풍의 조용한 부름이 들려오자 적멸가인과 자미룡은 발딱 일어나 쏜살같이 그에게 달려갔다.
 "대천신등이란 어떤 곳이냐?"
 무슨 일일까 하고 눈을 반짝이며 바라보는 적멸가인에게 독고풍이 불쑥 물었다. 그의 시선은 안객라산 꼭대기에 고정되어 있었다.
 자신이 싸우게 될 적이 어떤 환경이며 내력을 지니고 있는지 누구든지 궁금한 법이다.
 그런데 독고풍은 뒤늦게서야 대천신등에 대해서 궁금해진 것이다.
 "앉으세요."
 박식한 적멸가인은 머릿속으로 대천신등과 서장에 대해서 정리하면서 말했다.
 독고풍이 누런 풀 위에 앉았고 그 옆에 자미룡이, 맞은편에는 적멸가인이 책상다리로 앉았다.
 "송찬간포(松贊干布)라는 인물이 서장 고원에 흩어져 있던 십여 개의 부족을 하나로 통일시키고 최초로 나라를 세워 납살(拉薩:라싸)에 도읍을 정했는데 그것이 토번(吐蕃)이에요.

그 당시 중원은 당(唐)나라의 강성기였지요(7세기 초)."

그녀는 막힘없이 서장의 역사에 대해서 술술 설명했다.

송찬간포가 왕위에 있던 시기에는 당나라와 화친을 맺어 당의 앞선 선진 문물을 받아들이기를 게을리하지 않았다.

송찬간포의 여러 차례 청혼에 당나라 태종(太宗)은 조카인 문성공주(文成公主)를 그에게 시집보냈다. 그때 문성공주는 당나라의 많은 문물을 갖고 갔는데, 그때 불교가 토번에 최초로 전해졌다(641년).

그로부터 백여 년 뒤에 당나라의 금성공주(金城公主)가 다시 당나라의 많은 기술을 갖고 토번왕 적덕조찬(赤德祖贊)에게 시집을 갔다(710년).

그렇게 당나라와 토번은 이백여 년 동안 화친을 이어왔다.

그러나 토번의 평화는 불과 이백여 년을 끝으로 막을 내리고 만다.

토번 왕조의 내분과 부족 간의 치열한 힘겨루기가 극에 달하여 결국 내전이 벌어졌으며, 그것은 그로부터 장장 사백여 년 동안이나 지속됐다.

이후 토번 살가파(薩迦派)의 우두머리인 살가반지달(薩迦班智達)은 성길사한(成吉思汗:칭기스칸)이 세운 몽고한국(蒙古汗國)에 직접 찾아가서 머리를 조아리고 토번이 몽고한국의 속국임을 인정했다(1247년).

이후 성길사한을 계승한 손자 홀필열(忽必烈:쿠빌라이)이

국호를 원(元)이라 칭하고 남송(南宋)을 정벌하여 중원을 통일시켜 대도를 북경으로 천도하여 세조(世祖)가 되었으며, 토번은 여전히 원의 속국을 유지했다(1271년).

그러나 원의 시대는 백 년을 넘지 못했다. 중원의 주인이 바뀌어 명(明)나라가 들어선 후에도 토번은 계속 속국으로 남아 있었다.

명나라는 토번의 여러 부족의 우두머리에게 법왕(法王)이라는 칭호를 하사했다.

그중에서 가장 규모가 큰 두 부족인 살가파의 곤택사파(昆澤思巴)를 대승법왕(大乘法王)에, 격로파의 석가야실(釋迦也失)을 대자법왕(大慈法王)으로 봉하여 토번을 통치하게 하였다(1368년).

그러나 토번에 다시 큰 변화가 일어났는데, 격로파에 살아 있는 양대 활불(活佛)인 달뢰불(達賴佛:달라이라마)과 반선라마(班禪喇嘛:판첸라마) 대에 이르러 격로파가 크게 부흥하여 토번의 부족들을 완전히 장악하게 되었다.

격로파는 토번이 명나라의 속국에서 벗어나는 것을 제일 우선 과제로 삼았다.

그 첫 번째로 토번에 있는 명나라의 사신이나 관리들, 명나라 사람들을 모조리 잡아 처형했다.

적멸가인은 긴 설명을 끝내면서 마지막 정리를 했다.

"격로파 우두머리인 대자법왕, 아니, 석가야실의 아들이 대천신등의 천신황이에요."

"그런가?"

독고풍은 서장, 아니, 토번이라는 한 나라의 역사를 처음 알게 된 것에 적잖이 놀랐다.

또한 대천신등이 일개 방파나 악마의 소굴 따위가 아니라 한 나라를 대표하는 부족이라는 사실에 여태껏 그들에게 갖고 있던 선입견이 많이 희석되는 것을 느꼈다.

문득 그는 어떤 생각이 들어서 물었다.

"혹시 대천신등이 중원을 침공하는 데 어떤 특별한 이유가 있는 것이냐?"

"정확하게는 모르지만 짐작은 할 수 있어요."

독고풍만 아니라 자미룡도 흥미있는 얼굴로 귀를 쫑긋 세운 채 듣고 있었다.

"토번은 수백 년 동안 중원의 지배를 받아왔는데 오십여 년 전에 격로파가 강성해지면 중원의 속박에서 벗어나기 위하여 대대적인 한인(漢人:중원 사람) 척멸을 벌였어요. 그 결과 토번에는 한인이 단 한 명도 남지 않게 되었지요."

그때 설란요백과 원진이 다가와 적멸가인 양쪽에 앉아 이야기를 들었다.

"원래 토번은 여덟 개 부족의 삼법왕(三法王)과 오왕(五王) 여덟 명이 나라를 여덟 개로 나누어 통치하고 있었으며, 중원에서는 그들을 변황삼세(邊荒三勢), 새외오벌(塞外五閥)이라고 불렀어요."

"그렇게 된 거로군."

"새외오벌 중의 격로파가 오십여 년 전부터 강성해져서 다른 변황삼세와 새외사벌을 전격적으로 공격하여 점령한 후 대천신등을 이룩했지요."

독고풍은 진지한 표정으로 들으면서 고개를 끄덕였다.

"수백 년 전에도 토번은 여러 차례 중원을 침공하여 전쟁을 일으켰어요. 어떤 때에는 당나라의 대도인 장안성(長安城)까지 점령할 만큼 강성했어요. 그래서 당나라는 문성공주와 금성공주를 연이어 토번왕에게 시집을 보내서 화친을 청했었지요."

"이제 보니 대단한 자들이로군."

"그런 토번이 수백 년 동안 중원의 속국으로 있으면서 핍박을 받다가 격로파가 마침내 토번을 통일하였으므로 중원을 넘보는 것은 당연한 일이지 않겠어요?"

독고풍은 고개를 갸웃거렸다.

"그런데 원래 나라에는 군대라는 것이 있잖아? 그렇다면 토번은 군사를 보내 명나라와 싸울 것이지 어째서 중원무림과 상대하려는 것이지?"

적멸가인은 애매한 표정을 지었다.

"거기까지는 모르겠군요. 제 지식의 한계예요."

"거 이상하군."

그때 잠자코 듣고만 있던 설란요백이 적멸가인을 보며 미소를 지었다.

"과연 삼주모께선 소문에 듣던 대로 해박한 지식을 갖고 계시는군요."

평소에 깐깐하기로 소문난 설란요백에게 칭찬을 들은 적멸가인은 쑥스러운 듯 미소를 지었다.

"내가 토번에 대해서 알고 있는 지식은 옛날 것에 불과해요. 근래의 것들은 전혀 모르고 있어요."

"그렇겠지요. 격로파가 토번을 장악하고 대천신등을 세우면서 한인들을 모두 죽였기 때문에 그쪽 사정이 중원에 전해지지 않은 탓이지요."

이어서 그녀는 독고풍을 보며 공손히 말을 이었다.

"토번은 신의(信義)를 중시하는 나라입니다. 그들과 최초로 최왼관계를 맺은 원나라는 토번을 단순한 속국으로 여기지 않고 대등한 관계에서 문물을 교류했습니다. 토번의 능력 있는 인재들을 원나라 조정에 기용했으며, 토번이 주변국으로부터 공격을 당할 때에는 군대를 보내 물리쳐 주기를 게을리하지 않았습니다. 그렇게 원나라 백여 년 동안 두 나라의 관계는 형제의 나라처럼 돈독해졌지요."

"최왼관계가 뭐지?"

"원나라와 토번 사이에 정신적, 종교적, 세속적, 군사적 원조를 상호 긴밀하게 교환하는 제도인데 최왼제도라고 하며,

두 나라를 결속시킨 중요한 제도입니다."

독고풍은 뭔가 깨닫는 바가 있는 듯 고개를 끄덕였다.

"음. 그런데 당금 명나라 대에는 그렇지 못한 것 같군."

"그렇습니다. 명나라는 토번에게 막대한 조공이나 다른 나라를 공격할 때 군대를 원조해 달라는 등 많은 요구만 했지 그들이 원하는 것은 거의 들어주지 않았습니다."

"그렇다면 최원인가 뭔가 하는 관계가 아니로군."

"그렇지요. 두 나라 사이의 최원관계는 여전히 존재하지만 사실상 유명무실해졌습니다."

"그런데 요백 할매."

"말씀하십시오."

독고풍은 갑자기 눈을 치뜨면서 어깃장을 놓았다.

"할매는 나한테서 낭이를 뺏어갈 거야?"

독고풍에게서 요마낭을 뺏어가다니, 설란요백은 뜬금없는 말에 의아한 표정을 지었다.

"갑자기 무슨… 말씀이십니까? 설마 속하가 그럴 리가 있겠습니까?"

독고풍은 짐짓 눈을 부릅떴다.

"그럼 내 장모 할매가 맞는 거지?"

"아… 죄송합니다."

설란요백은 독고풍이 무슨 말을 하는지 그제야 알아차렸다. 그녀가 존대를 하자 그가 어깃장을 놓은 것이다.

"잘해."

독고풍이 눈을 내리깔며 엄포를 놓자 설란요백은 황망히 고개를 숙였다.

"명심하겠습니다."

"또!"

"명…심하겠네."

설란요백은 진땀이 났다. 그녀로서는 깍듯이 존대를 하는 편이 훨씬 편하기 때문이다.

요마낭이 주군의 부인이 되는 것은 경사스러운 일이지만, 주군과 수하의 관계는 계속 유지하고 싶었다. 하지만 그랬다가는 또 불호령이 떨어질 것이다.

"그래서 토번이, 아니, 대천신등이 명나라에 복수를 하려는 것인가?"

"절반만 그렇다네."

독고풍의 물음에 설란요백은 묘한 대답을 했다.

"절반만?"

"침공의 절반은 토번의 뜻이지만 절반은 또 다른 자들의 뜻이기 때문일세."

대천신등의 중원 침공이 절반만 토번의 뜻이고 나머지 절반은 다른 자들의 뜻이라니, 설란요백을 제외한 사람들은 금시초문인 얘기다.

사실 설란요백도 그 사실을 얼마 전에야 보고를 듣고 알게 되었다.

 이십여 년 전, 대천신등의 중원 침공 직후에 그녀는 수십 명의 요마고수들을 서장에 보내 대천신등을 감시하게 했는데, 그녀가 대천신등에 대해서 알고 있는 정보는 모두 요마고수들이 보내온 보고 덕분이었다.

 그리고 그녀는 얼마 전에 전혀 새로운 내용의 보고를 받게 됐고, 그것을 지금 독고풍에게 말하려는 것이다.

 설란여백은 북쪽을 가리키며 설명을 이었다.

 "멸망한 원나라는 몽고로 쫓겨났으며, 이후 내분이 일어나 동몽고(東蒙古)와 서몽고(西蒙古)로 갈라졌다네. 그런데 동몽고는 서몽고의 세력에 밀려 이곳 청해성 북부 지역으로 이주해 왔지. 그때 동몽고와 토번이 백사십여 년 만에 재회를 하게 되었다네(1510년)."

 "몽고가?"

 독고풍은 불길한 예감이 들었다. 아니, 그것은 비단 그만 아니라 이야기를 듣고 있는 모두 좋지 않은 예감을 받았다.

 토번은 서장 전체와 신강성(新疆省), 청해성, 운남성(雲南省), 서강성(西康省), 사천성(四川省) 여섯 개 성의 일부에 걸친 광활한 영토를 지닌 나라다.

 그러므로 동몽고가 청해성으로 이주하여 토번과 접촉하게 된 것은 전혀 이상한 일이 아닌 것이다.

 "다시 만난 두 나라는 동몽고의 위대한 황제 알탄 칸과 토번의 삼대(三代) 달뢰불이 백사십여 년 만에 다시 최원관계를 맺었네."

적멸가인과 자미룡, 원진의 얼굴에 긴장한 빛이 역력히 떠올랐다.

그럴 수밖에 없는 것이, 자신들이 상대하려는 적이 토번만이 아니라 몽고도 개입되었다는 사실을 짐작했기 때문이다.

"알탄 칸은 몽고군에서 가장 뛰어난 전사 천 명을 토번 격로파로 보냈고, 그들이 격로파의 건강한 청년 오만 명을 선발하여 훈련시켰네. 격로파는 원래 라마교(喇嘛敎) 홍교(紅敎)에서 전해지는 봉인된 무공 절학을 갖고 있었는데, 훈련 과정에서 봉인을 뜯고 그것들을 연마했네. 이후 막강해진 격로파는 무력으로 다른 일곱 개 부족, 즉 변황삼세와 새외사벌을 일통시킨 것이지."

설란요백은 독고풍을 보며 기억을 환기시켰다.

"자네 조금 전에 토번이 왜 군대를 보내지 않았느냐고 궁금해했지?"

"그래. 어째서 그렇지?"

"격로파는 토번을 일통한 후 일곱 개 부족에서 청년들을 강제 징집했으며 그 수는 무려 백만에 이르렀네. 그들에게 몽고군의 훈련과 홍교의 무공을 함께 가르쳤는데 마지막에 남은 수가 이십오만이네."

백만 명으로 시작하여 이십오만이 남았다면 훈련과 무공

연마가 얼마나 혹독했는지 미루어 짐작할 수 있었다.

"토번의 군대는 총 이십오만 명일세. 이제 그들이 누군지 짐작하겠나?"

독고풍은 무거운 표정으로 고개를 끄덕였다.

"대천신등의 중원정벌총군 이십오만 명이 바로 토번의 군대인 셈이로군."

"그렇네."

"그리고 대천신등이 중원을 침공하는 다른 절반의 이유는 몽고의 복수겠군."

설란요백은 고개를 끄덕였다.

"대천신등은 중원을 정벌하여 몽고에게 선물하려는 것 같네. 그렇게 해서 중원에서 몽고와 토번이 사이좋게 공존하면서 한족(漢族)을 지배하려는 것이겠지."

독고풍은 적멸가인을 쳐다보았다. 그녀는 얼마 전에 대천신등이 대동협맹을 중원무림의 대리통치자로 내세울 것이라고 추측했었으나 이제 보니 그것은 틀린 추측이었다.

대천신등, 아니, 토번의 배후에는 동몽고가 웅크리고 있던 것이다.

그때 문득 독고풍은 한 가지 의문, 아니, 불길한 생각이 퍼뜩 들었다.

"그렇다면 혹시 대천신등과 몽고가 중원을 동시에 공격하는 것은 아닌가?"

설란요백의 대답은 부정적이다.

"그럴 가능성은 희박하네. 현재 명나라의 군대는 몽고를 확실하게 견제하고 있기 때문일세."

적멸가인이 눈을 빛내며 말을 받았다.

"토번이 군대가 아닌 무공의 고수들을 양성한 이유를 알 것 같군요."

"말씀해 보세요."

독고풍이 제동을 걸었다.

"할매, 손녀사위 마누라에게 말을 높이는 건가?"

"죄송……."

설란요백은 고개를 숙였다가 움찔하며 급히 말투를 바꿨다.

"마, 말해보게, 셋째."

거듭된 실수 때문에 그녀는 진땀이 온몸에서 버적버적 스며 나오는 것을 느꼈다.

"토번이 군대를 양성해서 중원을 침공한다면 그 즉시 명나라가 대군을 파견하여 봉쇄에 나설 거예요."

설란요백은 말없이 고개를 끄덕였다.

"하지만 토번이 중원이 아닌 중원무림을 겨냥해서 고수들을 보낸다면, 무림의 일이기 때문에 명나라 조정에서는 개입하지 않겠지요."

"그렇지."

"그래서 토번은 완벽한 위장을 위해서 토번이라는 국명 대신 대천신등이라는 새 이름을 만든 것 같아요."

적멸가인은 말을 하는 도중에 새로운 사실들을 빠르게 깨달아갔다.

"어쩌면… 대천신등은 일단 중원무림을 장악한 후에 중원 한복판에서 일거에 명나라 황궁과 군대를 공격할 것 같군요. 그럼 명나라는 혼란에 빠지겠고, 그 기회를 틈타서 몽고가 진격을 해온다면……"

대천신등에 의해서 중원무림이 멸망을 하고, 그다음은 몽고에 의한 명나라의 멸망이라는 수순이다.

그리고 중원, 아니, 천하는 완벽하게 토번과 몽고의 수중에 떨어질 것이다.

독고풍은 잔뜩 인상을 찌푸렸고, 자미룡과 원진은 크게 놀라는 표정을 지었다.

잠시의 침묵이 흐른 후, 설란요백은 무거운 어조로 결론을 내렸다.

"조금 전에 나는 자네에게 대천신등에 대해서 설명하다가 방금 셋째가 말한 사실을 깨달았네. 지금으로 봐선 대천신등의 중원 침공 목적이 셋째가 말한 대로인 것 같네."

독고풍은 무겁게 중얼거렸다.

"그렇다면 이것은 중원무림만의 문제가 아니로군."

그는 몸을 일으켜 안객라산을 쳐다보았다.

"우린 무슨 일이 있어도 대천신등이 저 산을 넘지 못하도록 막아야겠어."

그의 눈빛이 날카롭게 변했다.

"대천신등 놈들, 이제 보니 엉큼한 속셈을 품고 있었군?"

그는 시선을 안객라산에 고정시킨 채 뒤에 서 있는 설란요백에게 물었다.

"요백 할매, 대천신등은 우리가 막는다 치고, 이 사실을 명나라 우두머리에게 알려줘야 하지 않겠어? 몽고인가 뭔가 하는 놈들이 다른 꿍꿍이를 품고 있는지도 모르잖아."

대명제국의 황제가 독고풍에 의해서 명나라 우두머리가 돼버렸다.

설란요백은 진중하게 고개를 끄덕였다.

"자금성으로 즉시 사람을 보내도록 하겠네."

"자금성에는 왜?"

자미룡이 독고풍의 팔을 잡고 가슴에 안으며 웃었다.

"자금성은 명나라 황궁을 말하는 거예요."

"어… 그런가? 진아 너도 꽤 똑똑하구나?"

"헤헤."

자금성이 명나라 황궁이라는 사실은 코흘리개조차 알고 있는데, 그것 때문에 자미룡은 칭찬을 듣고 좋아했다.

문득 독고풍의 눈빛이 어두워졌다.

"거참, 이야기가 이쯤 되면 대동협맹이 대천신등의 앞잡이가 아니라는 말인데… 그렇다면 도대체 어떤 놈들이지?"

 대천신둥의 앞잡이가 중원에 반드시 있기는 했다. 그런데 누군지 짐작조차 가지 않는다.

 독고풍을 비롯한 중인은 갑자기 불길함이 자욱하게 엄습하는 것을 느꼈다.

第百八章
뱀의 꼬리를 자르다

 그로부터 십이 일 후 이른 아침, 대천신등 중원정벌총군 선두가 발견되었다.

 독고풍의 명령으로 무리에서 백여 리 앞서 척후를 하던 무적군에 의해서였다.

 그곳은 청해성의 남쪽에 면해 있는 서강성과 성계를 이룬 곳에 북서와 남동으로 길게 뻗은 당고라산맥(唐古喇山脈) 아래쪽의 어느 산기슭이었다.

 당고라산맥은 서장 동쪽 끝에서 시작되어 청해성 서남쪽 맨 아래와 서강성 북쪽 맨 위에 성계를 이루는 곳을 동쪽으로 무려 천오백여 리나 길게 뻗은 대산맥이다.

무적군에게 발견된 대천신등 중원정벌총군 선두 일만 명은 산기슭에 길게 띠를 이룬 채 동쪽으로 이동 중이었으며 그 길이가 십오 리에 달했다.

당고라산의 아래쪽 가장 낮은 곳은 천오백 척 높이며 제법 숲이 우거져 있다.

삼천 척 위로는 기후 때문에 나무 한 그루 자라지 않으며 잡풀만 무성해서 많은 인원이 이동하는 데에는 노출의 위험이 따른다.

또한 산 아래쪽으로 이동을 해야 수평을 유지할 수 있으며, 산의 높낮이에 별다른 영향을 받지 않는다.

무적군은 중원정벌총군의 선두와 같은 속도로 이동하면서 감시를 하며 주변에 특수한 노부(路符:표시)를 남겼다.

그 노부는 요선계 사람들만 식별할 수 있는 것으로 설란요백이 무적방 전원에게 가르쳐 주었다.

그로부터 이각쯤 지났을 때 노부를 발견한 어떤 사람이 무적군이 지정한 은밀한 장소로 찾아왔다.

그는 온몸을 갈색 옷으로 감싸고 갈색 복면까지 쓴 채 두 눈만 빼꼼히 내놓은 모습에 어깨에는 한 자루 짧은 검을 메고 있었다.

온 산이 가을 색으로 물들었기 때문에 온몸이 갈색인 사람은 잘 눈에 띄지 않았다.

무적군의 마랑도는 그를 데리고 즉시 독고풍이 있는 곳으로 돌아왔다.

 갈의복면인은 어느 작은 계류 가 바위에 앉아서 쉬고 있는 독고풍 일행에게 안내되었다.
 독고풍은 곧 벌어질 전투에 대해서 측근들과 상의를 하고 있다가 다가오는 마랑도와 갈의복면인을 쳐다보았다.
 갈의복면인은 잔뜩 경계하는 듯한 동작으로 다가오다가 설란요백을 발견하더니 움찔 놀라면서 엎어지듯이 그 자리에 부복했다.
 "요계이화님을 뵙습니다."
 갈의복면인이 얼마나 놀라고 반가워하는지는 와들와들 떨리는 목소리와 몸을 보면 충분히 알 수 있었다.
 그런데 갈의복면인의 목소리는 뜻밖에도 여자의 것이었다.
 설란요백은 표정의 변함 없이 엄숙한 얼굴로 갈의복면인을 굽어보았다.
 그러나 그녀의 눈빛이 가벼이 흔들리고 있는 것으로 미루어 마음의 동요가 이는 듯했다.
 그도 그럴 것이, 그녀는 갈의복면인을 서장으로 떠나보내고 이십이 년 만에야 다시 만나는 것이었다.
 "복면을 벗어라."
 설란요백의 말에 갈의복면인은 고개를 들고 조심스럽게

복면을 벗었다.

그러자 삼십오륙 세가량의 동그스름한 중년여인의 얼굴이 나타났다. 그 얼굴은 눈물범벅이었다.

설란요백은 그 여인이 누군지 한눈에 알아보았다.

이십여 년 전, 제이차 흔천대전 이후 사독요마가 몰락의 나락으로 떨어질 때 설란요백은 요선계를 보호하느라 전력을 다했었다.

그 덕분에 요선계는 사독요마 중에서 피해를 가장 적게 입을 수 있었다.

이후 설란요백은 이십여 년 동안 요선계를 정성껏 잘 관리해 왔다.

그녀는 요선계의 살아 있는 최고 배분이며 실질적인 지도자였지만, 사적인 욕심은 추호도 부리지 않고 오직 언젠가 요선마후나 대마종이 출현할 것이라 믿고 요선계를 관리하는 데에만 전력을 기울였다.

그녀는 요선계 내에서 일어난 일이라면 아무리 사소한 일이라고 해도 모두 알고 있었다.

어느 집에 누가 죽었으며 또한 태어났는지, 누가 아프고 또 무슨 고민이 있는지 훤하게 꿰고 있었으며, 그래서 일일이 그들을 챙겨주었다.

그러므로 지금 복면을 벗은 중년여인이 요선계 어디 소속이며 누구 집 딸이고 또 이름이 무엇인지 모를 리가 없다.

중년여인을 굽어보는 설란요백의 얼굴에 보일 듯 말 듯한 미소가 어렸다. 애썼다는 격려이며 살아 있어서 고맙다는 뜻의 미소였다.

설란요백은 공손히 독고풍을 가리키며 명령했다.

"대마종께 예를 갖추어라."

순간 중년여인의 여린 몸이 움찔 떨렸다. 그녀는 조심스럽게 고개를 들고 독고풍을 우러러보았다. 그녀의 얼굴에는 감개무량과 더없는 기쁨이 가득 떠올랐다.

그러더니 곧 얼굴을 바닥에 묻으면서 가늘게 떨리는 목소리로 아뢰었다.

"속하 이대 대마종을 뵈오니 이제 죽어도 여한이 없나이다."

그것은 그녀의 진심이었다.

독고풍은 중년여인이 장장 이십이 년 동안 가족과 떨어져 서장에 머물면서 대천신등을 감시해 왔다는 사실을 알고 있기에 안쓰러움과 고마움을 금할 수 없었다.

그는 손수 두 손을 뻗어 바닥을 짚고 있는 중년여인의 두 손을 잡았다.

그러자 중년여인은 소스라치게 놀란 얼굴로 고개를 들어 독고풍을 바라보았다.

"일어나 앉아라. 너는 나하고 마주 앉을 자격이 있다."

독고풍은 그녀를 일으켜 바닥에 앉혔다. 그녀는 거부하려고 했으나 독고풍의 힘을 거스를 수가 없었다.

더없는 기쁨과 감격에 중년여인의 눈에서는 계속 비 오듯이 눈물이 흘러내렸다.

"이십칠령주(二十七令主), 보고해라."

그때 설란요백이 조용히 명령했다.

요선계는 크게 세 개의 부서로 나뉜다.

제일, 신체적인 자질이 우수한 사람을 선발하여 무공을 가르쳐서 요마삼군단으로 육성한다.

제이, 상재(商材)에 능한 사람은 요선계가 거느리고 있는 거대 상단(商團)에서 능력을 발휘하게 한다.

제삼, 총명하고 날랜 사람은 무림제일을 자랑하는 요선계의 정보망인 요화단(妖花團)에 배치한다.

요화단은 총 이백 개의 령(令)으로 구성됐으며, 일 개 령에는 열 명의 수하가 있다.

이십이 년 전에 설란요백은 서장으로 다섯 개의 령을 보냈는데, 중년여인은 그중 이십칠령의 영주(令主)다.

설란요백은 이십칠령주의 이름을 알고 있지만 이름 대신 지위를 불렀다.

이십칠령주는 설란요백이 자신을 단번에 알아보자 새삼스레 뭉클하고 감격했으나 애써 감정을 억제하며 보고했다.

"대천신등 중원정벌총군의 선두 일만은 정군(丁軍)입니다. 다섯 명의 일절신제와 이십 명의 이황무존, 사십 명의 삼철혈왕, 이백 명의 사악염사, 그리고 나머지는 오등 오마추영부터 십등 십살흑풍까지 고르게 망라되어 있습니다."

예상했던 대로 중원정벌총군 이십오군 중에 첫째인 정군이 선두에서 오고 있다.

또한 일군에 일절신제가 다섯 명이나 있다. 더구나 이황무존이 이십 명에다가 사십 명의 삼철혈왕이라니……. 중원정벌총군의 일군은 중원무림의 대방파를 대여섯 개 이상 합쳐 놓은 것보다 더 막강한 위력을 지니고 있는 것이다.

"어젯밤에 입수한 새로운 정보입니다."

이십칠령주가 공손히 아뢰었다.

"중원정벌총군 이십오군 중에 간군(艮軍)부터 오군(午軍)까지 열 개 군이 어젯밤 자정을 기해서 갑자기 방향을 바꿔 남쪽으로 향했습니다."

"남쪽이라고?"

독고풍을 비롯한 중인은 적잖이 놀라 표정이 변했다. 중원정벌총군이 두 개로 나누어 이동을 하는 것은 예상하지 못했던 변수이기 때문이다.

서장과 중원 사이에는 두 개의 거대한 성(省)이 있으며, 즉 북쪽의 청해성과 남쪽의 서강성이다.

물론 오랜 옛날부터 중원과 서장은 청해성을 통해서 왕래해 왔다.

하지만 지금 대천신등 중원정벌총군이 이동하고 있는 길

뱀의 꼬리를 자르다 289

은 아니다.

아니, 이것은 길이 아니라 가장 빠르게 중원에 도달할 수 있는 방법이며, 유사 이래 사람이 한 번도 다니지 않은 미답의 험로이다.

여하튼 서장에서 중원으로 가려면 청해성을 관통하는 것이 가장 빠르다.

그런데 대천신등 중원정벌총군의 한 무리는 최소한 삼천여 리 이상이나 더 먼 남쪽 서강성 길을 택했다.

그것은 대천신등이 중원의 북쪽과 남쪽에서 양쪽에서 공격을 하겠다는 뜻이었다.

"네. 그래서 요화단의 두 개 령이 그들을 따라서 같이 남하했습니다."

그렇다면 요화단 이십 명으로부터 계속해서 보고가 들어올 테니 갈라져 남하한 중원정벌총군 십군 십만 명의 행방에 대해서는 염려하지 않아도 된다.

그러나 중원정벌총군이 두 갈래로 중원을 향했다는 사실은 중원 연합 세력에겐 몹시 골치 아픈 문제다.

"어떻게 하죠?"

자미룡만 독고풍을 보면서 걱정스러운 얼굴로 물을 뿐, 모두들 심각한 표정으로 생각에 빠져들었다.

중원 연합 세력은 무적방 천 명, 정협맹 칠천오백 명, 녹천대련 이천 명, 도합 만 오백 명이다.

중원정벌총군 일군 일만 명보다 오백 명 많은 수이지만, 무적방을 제외하곤 대부분 중원정벌총군과 실력이 비슷하거나 떨어질 것이다.

그래도 지금으로선 무적방과 정협맹, 녹천대련의 연합 세력으로 대천신등 중원정벌총군을 일군씩 차례대로 공격하는 수밖에 없다.

더구나 전적으로 열세인 전력(戰力)으로, 이쪽의 피해는 최소화하는 대신 적은 전멸시켜야 하는 악조건이다.

"어쩔 수 없다."

이윽고 독고풍이 오랜 생각 끝에 무거운 표정과 어조로 입을 열었다.

그는 모두의 시선이 자신에게 집중되는 것을 느끼며 차분하게 말을 이었다.

"남쪽으로 간 놈들은 포기하자."

위험한 결정이지만, 중인은 그렇게밖에 할 수 없다는 것을 알고 있었다.

원래 목표는 대천신등 중원정벌총군의 삼 할을 죽여서 그들의 중원 침공의 의지를 꺾는 것이니까, 그들이 두 갈래 아니라 세 갈래로 갈라졌다고 해도 어느 쪽이든 삼 할만 죽이면 되는 것이다.

"언제 공격합니까?"

양신웅이 착 가라앉은 목소리로 조심스럽게 물었다.

"정협맹과 녹천대련이 도착하면 공격한다."

설란요백이 말을 받았다.

"어느 지점에서 공격하는 것이 좋겠나? 혹시 생각해 둔 복안이라도 있나?"

독고풍은 가볍게 고개를 끄덕였다.

"먼저 독을 써서 기선을 제압한 후에 대가리부터 조져 놔야 돼. 일절신제와 이황무존을 처치하고 나면 놈들이 우왕좌왕하게 될 거야. 그때 끝장을 내버린다."

말로는 아주 쉬운 듯했다. 설란요백과 두 명의 군장, 무적사마영 등은 무거운 표정을 지었다.

이쪽에서 독고풍과 적멸가인을 제외하곤 일절신제와 상대해서 우위를 점할 수 있는 사람이 없기 때문이다.

어쩌면 무적사마영의 원진과 설란요백이 일절신제와 평수를 이룰는지 모른다.

하지만 평수를 유지해서는 소용이 없다. 일절신제를 죽여야만 하는 것이다.

더구나 이황무존이 이십 명이다. 원진을 제외한 무적삼마영과 자미룡은 그들과 평수를 이루거나 약간 우위를 점할지도 모른다.

또한 모르긴 해도 정협맹주 북궁연이 이황무존를 상대할 수 있을 테고, 어쩌면 일절신제와 평수를 이룰 수 있을지도 모른다는 기대를 조심스럽게 할 수도 있다.

그러나 그 아래 정협십이성이나 정협삼단의 단주들은 대천신등의 이황무존이나 삼철혈왕과 평수를 이루면 다행스러운 정도다.

녹천대련에 대해서는 독고풍의 다섯째 부인이 된 옥조의 무위가 잘하면 일절신제를 상대할 수 있지 않을까 추측할 뿐, 그 외에는 아무것도 모른다.

독고풍은 팔혼낭차의 등주인 일절신제와 한차례 싸워본 적이 있다.

그렇기 때문에 무적방 사람하고 일절신제를 비교할 수는 있으나 정협맹이나 녹천대련 사람들의 정확한 무위를 모르기 때문에 막연하게 추측을 할 수밖에 없다.

슥—

독고풍은 몸을 일으켰다.

"요백 할매, 꼬리를 칠 테니까 위치를 확인해 줘."

"꼬리라고 했나?"

비단 놀란 사람은 설란요백만이 아니다. 꼬리라는 것은 대천신등 중원정벌총군의 가장 후미를 말하는 것이다. 독고풍의 말은 후미를 치겠다고 뜻이었다.

"선두를 공격하는 것이 아니었나?"

만약 설란요백이 여전히 독고풍의 수하였다면 이런 식의 의문을 제기할 수는 없었을 것이다.

독고풍에게 반말을 하다 보니까 그가 절반은 주군으로 보이고 나머지 절반은 손녀사위로 보인다.
 그녀가 제기한 의문은 독고풍을 제외한 모두가 품고 있는 의문이기도 하다.
 원래 싸움과 전쟁은 선두를 공격해서 무력화시키는 것이 상식으로 굳어 있고, 또 가장 효과적이다.
 "요백 할매, 선두를 공격하고 난 다음에는 어떻게 할 거야?"
 설란요백은 당연하다는 듯 대답했다.
 "재빨리 자취를 감추고 두 번째 무리가 접근할 때까지 기다렸다가 기회를 포착하여 다시 공격해야지."
 "요백 할매는 우리가 선두를 공격하여 전멸시키는 데 얼마나 걸릴 것 같아?"
 "그야……."
 설란요백은 얼른 대답하지 못했다. 무려 일만 명을 상대하는 싸움이 얼마나 걸릴지 선뜻 계산이 나오지 않았다.
 독고풍이 그럴 줄 알았다는 듯 팔짱을 끼며 말했다.
 "선두와 두 번째 군(軍) 사이의 거리가 가까우면 우리가 선두를 공격하고 있는 동안에 두 번째 군이 들이닥치게 될 거야. 그럼 어떻게 하지?"
 설란요백은 아무 말도 하지 못했다.
 "그렇게 두 개의 군과 싸우고 있는 중에 세 번째, 네 번째가 줄줄이 도착하면 우린 그걸로 끝장이야."

조금만 생각을 해보면 간단하게 알 수 있는 이치인데 설란요백은 공격한다는 사실에 골몰하느라 그 사실을 간과해 버린 것이다.

 그래도 그녀는 선두를 공격해야 한다는 자신의 의견을 버리지 않았다.

 선두를 외진 장소로 유인을 하든 어떤 수를 써서라도 선두를 공격해야 적의 선봉을 꺾고 이동하는 흐름을 멈출 수 있기 때문이다.

 독고풍은 설란요백과 측근들의 고정관념을 깨뜨리기 위해서 길게 설명하지 않았다.

 다만 자신이 오악도에서 경험한 수천 가지 중에 하나를 슬쩍 말해주었다.

 "기어가고 있는 뱀의 꼬리를 자르면 어떻게 될까?"

 이어서 그는 적멸가인과 자미룡을 데리고 계류로 천천히 걸어가서 찬물로 세수를 하기 시작했다.

 남아 있는 설란요백과 무적사마영, 양신웅, 오도겸은 마치 뒤통수를 한 대 호되게 얻어맞은 듯한 표정을 짓고 있었다.

 뱀의 무서움은 독이빨, 즉 독아(毒牙)에 있다. 이빨은 입에 있고 입은 머리에 있다.

 그러므로 뱀을 죽이려면 머리를 공격해야만 한다. 머리를 부수면 꼼짝하지 못하기 때문이다. 그러나 그만한 위험을 감수해야만 한다.

그렇지만 지금 중원 연합 세력의 목적은 뱀을 잡는 것이 아니라 뱀을 멈추게 하고 제 집으로 돌아가게 하는 것이다.

그렇다면 구태여 위험을 무릅쓰면서까지 머리를 공격할 필요가 없다.

꼬리가 잘린 뱀은 더 이상 전진하지도, 누구를 물지도 못한다. 몸부림을 치면서 자신의 꼬리를 자른 상대를 공격하거나 도망칠 것이기 때문이다.

독고풍과 무적대마군은 대천신등 중원정벌총군의 선두인 정군을 놔두고 그들의 측면을 크게 비껴가서 하루 반나절 후에 맨 후미인 축군(丑軍)을 발견했다.

후미인 축군이라고 해서 선두 정군과 다를 바 없었다. 다섯 명의 일절신제와 이십 명의 이황무존 등, 전력은 대천신등 중원정벌총군 이십사 군이 균등했다.

독고풍과 무적대마군은 축군 뒤에서 백여 리 거리를 두고 따라가기 시작했다.

독고풍은 이곳까지 오면서 공격을 가할 수 있는 최상의 조건을 갖춘 몇 군데 장소를 봐두었다.

축군이 제 발로 그곳으로 가준다면 싸움은 일단 유리한 고지를 선점할 수 있게 된다.

그런데 아직까지 정협맹과 녹천대련의 정예고수들이 도착을 하지 않고 있다.

무적대마군이 아무리 강하다고 해도 천 명이 일만의 적을 상대할 수는 없는 노릇이다.

설사 한 번의 싸움에서 승리한다고 해도 피해가 막심할 것이고, 싸움을 한 번만 하고 말 것이 아니기 때문이다.

싸움은 대천신등 중원정벌총군이 서장으로 회군(回軍)할 때까지 계속해야만 한다.

그러므로 정협맹과 녹천대련 정예고수 구천오백 명이 도착해야지만 공격할 수 있다.

그렇게 독고풍과 무적대마군은 아무것도 하지 않은 채 이틀 동안 축군을 따라가기만 했다.

봐둔 최적의 공격 장소는 모두 네 군데다. 이틀이 경과하면서 그중 세 군데 장소를 지나쳤고 이제 남은 곳은 한 군데뿐이다.

그곳을 지나고 나면 나무 한 그루 없는 광활한 구릉지대가 펼쳐진다.

독고풍과 무적대마군이 그곳을 지나는 데 사흘이 걸렸으니까 축군도 그 정도 걸릴 것이다.

그렇다면 후미인 축군에게서 하루 반나절 거리를 앞서 가고 있는 선두 정군은 감숙성까지 겨우 나흘 거리만을 남겨두게 된다.

그렇다고 축군이 구릉지대를 지난다고 해서 즉시 공격할 수 있는 것이 아니다.

뱀의 꼬리를 자르다 297

구릉지대가 끝나면 그저 평탄한 숲이 나타나는데, 그곳은 급습을 하기에는 좋지 않은 장소다. 공격자가 거의 고스란히 노출되기 때문이다.
 무슨 일이 있어도 축군이 구릉지대에 당도하기 전에 마지막 장소에서 급습을 가해야만 한다.

 마지막 장소는 가파른 경사의 계곡 사이를 흐르는 계류다.
 계곡의 폭은 이십여 장가량이고, 계류의 폭은 오 장, 수심은 복판의 가장 깊은 곳이 허리쯤에 이를 만큼 얕다.
 계류를 제외하면 양쪽은 자갈밭으로 십오 장 남짓이고, 양쪽 끝은 가파른 바위투성이 급경사다.
 급습을 당한다면 축군은 운신의 폭이 극도로 좁아서 우왕좌왕하다가 큰 피해를 입게 될 것이다. 그리고 큰 피해는 곧 전멸이라는 결과를 낳게 될 것이다.
 미리 마지막 장소인 계류의 건너편 급경사 꼭대기에 도착하여 은신한 채 아래를 굽어보고 있는 독고풍과 측근들의 표정은 착잡하기 그지없었다.
 이제 잠시 후면 축군이 계류에 도착할 것이다. 그리고 그들은 필경 계류에서 휴식을 취할 것이다. 그들이 지나온 하루 정도 거리에 물이라곤 없었기 때문이다.
 "어쩌죠?"
 독고풍 이하 측근들은 모두 깊은 생각에 잠겨 있었는데, 역시 그렇게 묻는 사람은 자미룡이다.

천하의 독고풍도 이때만큼은 대답할 말이 없었다. 그저 입술만 바짝바짝 타들어가고 있을 뿐이다.

이곳에서 축군을 잡지 못하면 일 전체가 틀어져 버릴 수 있다. 아니, 당연히 그렇게 될 것이다.

남쪽으로 우회한 중원정벌총군 십군을 포기까지 했는데 이제 와서 이 지경이 되다니, 모두들 최악의 상황을 머릿속에 그려보고 또 추측하느라 암담한 표정들이었다.

그때 요마전령 한 명이 일체의 기척 없이 설란요백 뒤쪽으로 접근했다.

설란요백은 신속한 연락을 위해서 이십 명의 뛰어난 요마전령을 이끌고 왔었다.

요마전령이 아무리 기척없이 접근해도 그것을 모르고 있을 설란요백이 아니다.

그녀가 상체를 돌리자 무릎걸음으로 다가오던 요마전령이 공손히 한 통의 서찰을 내밀었다.

독고풍을 위시한 모두의 시선이 서찰을 읽고 있는 설란요백에게 집중됐다.

혹시 정협맹이나 녹천대련의 정예고수들이 도착했다는 보고일지 모른다는 생각에서다. 아니, 그러기를 간절하게 바라고 있었다.

"누구야? 정협맹인가? 아니면 녹천대련이야?"

얼마나 원했으면 독고풍이 직접 급히 물었다.

"아닐세."

뜻밖에도 설란요백은 고개를 가로저었다. 그런데 그녀의 얼굴에는 적잖이 놀라는 표정이 떠올라 있었다.

"대동협맹 고수들이 동남쪽 오십여 리 근처까지 이르러 있다는 보고일세."

"대동협맹이?"

독고풍을 비롯한 모두의 안색이 크게 변했다. 그만큼 이 소식은 충격적이었다.

독고풍은 며칠 전까지만 해도 대동협맹을 대천신등의 앞잡이라 여기고 그곳에 찾아가서 한바탕 난리를 벌였었다.

비록 태무천을 죽이지는 않았으나 대동십구협의 두 명, 혼원도협과 자오 신니를 모두가 보는 자리에서 잔인무도하게 죽였었다.

그랬으니 태무천 아니라 부처님이라고 해도 자신들의 알토란 같은 정예고수를 보내지 않을 것이다.

더구나 태무천은 독고풍에게 무림을 제패하지 않겠다는 약속을 해야지만 정예고수를 보내겠다고 했었다.

물론 독고풍은 약속을 하지 않았으며 오히려 불같이 화를 내면서 대동협맹을 떠났었다.

그랬는데 대동협맹의 정예고수가 이 근처 오십여 리 근처까지 당도해 있다는 것이다.

"몇 명이나 되지?"

독고풍의 목소리는 깔깔했다.

"오천 명일세."

설란요백의 목소리는 더 깔깔했다.

"오천 명……."

누군가 신음하듯 중얼거렸다.

설란요백이 말을 이었다.

"태무천과 대동육협이 직접 이끌고 왔다는군."

태무천이 무슨 이유로 대동십구협 중에서 살아남은 대동육협과 정예고수 오천 명을 이끌고 이곳까지 왔는지는 지금으로선 그다지 중요하지 않다.

대천신등 중원정벌총군 축군을 눈앞의 마지막 장소에서 급습해야만 하는 절체절명의 순간에 오천 명이나 되는 원군이 당도했다는 사실만이 모두에게 중요하게 작용할 뿐이었다.

모두들 독고풍을 쳐다보았다. 그들은 독고풍이 대동협맹에 가서 어떻게 행동하고 왔는지 적멸가인에게 들어서 잘 알고 있었다.

그래서 대동협맹을 몹시 못마땅하게 여기는 그가 이 상황에서 대동협맹의 도움을 거부할 수도 있다는 생각이 들었다.

그러나 독고풍의 굳은 듯 가라앉은 표정만 봐서는 그가 무슨 생각을 하고 있는지 종잡기 어려웠다.

그러고 있는 중에도 시간은 화살처럼 빠르게 지나가고 있었다.
 모두의 몸속에서 피가 마르고 있는 소리가 마치 귀에 들리는 듯했다.
 그렇지만 아무도 입을 열어 독고풍에게 어떻게 할 것이냐고 묻지 않았다.
 천방지축 뭘 모르는 자미룡까지도 지금만큼은 침묵을 지키고 있었다.
 그때 독고풍이 상체를 꼿꼿이 펴고 동쪽 하늘을 묵묵히 쳐다보았다.
 말은 하지 않았지만 그가 정협맹과 녹천대련이 어떻게 된 것인지 궁금해하고 있다는 것을 측근들은 느낄 수 있었다.
 하지만 동쪽 하늘에는 조각구름 두어 개가 느릿하게 흘러갈 뿐이다.
 이윽고 그는 동쪽 하늘에서 시선을 거두어 서쪽을 쳐다보면서 입을 열었다.
 "축군은 어디까지 왔지?"
 설란요백이 근처에 대기하고 있는 요마전령을 쳐다보자 그녀가 즉시 대답했다.
 "이십여 리 서쪽에서 접근하고 있는 중입니다."
 독고풍을 제외한 측근들 얼굴이 해쓱해졌다. 대동협맹은 동남쪽 오십여 리 거리에 있다고 했다. 축군이 아무리 느리고 대동협맹이 아무리 빨리 달려온다고 해도 축군보다 먼저 도착할 수는 없는 상황이다.

다들 애가 타고 있는데도 독고풍은 계곡 아래쪽을 찬찬히 훑어보고 있었다.

"요백 할매."

그가 계곡에 아래쪽에 시선을 고정시킨 채 말했다.

"대동협맹에게 전해. 계곡 아래와 위 양쪽 입구를 막은 상태에서 축군을 죽이라고."

독고풍은 머릿속에 어떤 계획이 선 것 같았다. 계곡의 길이는 대략 십오 리. 대동협맹이 이곳에 도착하여 계곡 양쪽으로 달려간다면 늦고 만다.

하지만 달려오면서 두 패로 갈라져 계곡 양쪽으로 달려간다면 그만큼 시간을 벌 수 있다.

설란요백이 지필묵을 꺼내 빠른 솜씨로 서찰을 쓰기 시작하자 독고풍은 이번에는 양신웅에게 명령했다.

"계류 상류에 독을 푼다. 쇄심오분(碎心澳粉)이다."

쇄심오분에 중독되면 죽지 않는다. 다만 한동안 무공을 사용하지 못한다.

극독이나 절독을 풀 수는 없다. 계류에는 물고기와 생명체가 살기 때문에 극독이나 절독을 풀 경우 그것들이 떼죽음을 당할 것이고, 축군이 그 사실을 발견하지 못할 리가 없다.

하지만 쇄심오분은 오직 무공을 익힌 사람에게만 작용하기 때문에 물고기들이 죽어서 허옇게 배를 드러낸 채 수면으로 떠오르는 것을 염려할 필요는 없다.

　양신웅이 독고풍에게 깊숙이 허리를 굽혀 보이고 나서 계곡 위쪽으로 바람처럼 달려가자 숲 속에 은신해 있던 독인 열 명이 그의 뒤를 따랐다.

"조약돌을 되도록 많이 모아라."

　독고풍은 그렇게 말하면서 계곡 아래로 훌쩍 뛰어내렸다.

　측근들은 그가 무슨 생각을 하는지 간파하고 일제히 계곡 아래로 신형을 날렸고, 부근에 있던 무적군 삼십이 명도 쏜살같이 계곡 아래로 쏘아 내렸다.

『대마종』 11권에 계속…

은하의 계곡
무천향
武天鄕

허담 新무협 판타지 소설

뿌리를 찾아가는 목동 파소의 여행.
그 여정의 끝에서
검 든 자들의 고향 대무천향(大武天鄕)을 만난다.

검객 단보, 그는 노래했다.

…모든 검 든 자들의 고향 무천향.
한 초식의 검에 잠든 용이 깨어나고, 또 한 초식의 검에 잠든 바다가 일어나네.
검의 흐름을 따라가다 보면 어느새, 세월도 잊어버리고, 사랑도 잊어버리고,
무공도 잊어버려…….
결국에는 자신조차 잊어버리는…….

은하의 가장 밝은 빛이 되어버린다는
그 무성(武星)들의 대지(大地).

아, 대무천향(大武天鄕)이여!

유행이 아닌 자유추구 -
WWW.chungeoram.com
Book Publishing CHUNGEORAM

Book Publishing CHUNGEORAM

별도 新무협 판타지 소설

살내음 나는 이야기에 여러분은 가슴 졸인 적이 있는가?
남들이 볼까 두려워하며 책을 가리면서 읽었던 구절을 몇 번이나 반복하며
읽은 적이 없는가?

구무협의 향수를 그리워하던 별도가 결국은
〈무협의 르네상스〉를 부르짖으며 직접 자판 앞에 앉았다.

"제가 무협을 쓰기 시작한 이유는 더 이상 읽을 책이 없었기 때문입니다."

모든 일은 4년 전부터 시작되었다.
살인사건을 배경으로 펼쳐지는 음모와 배신, 사랑과 역공작,
그리고 정사!

우리 시대의 이야기꾼, 별도의 새로운 글, 〈낭왕狼王〉!
〈천하무식 유아독존〉, 〈그림자무사〉, 〈검은여우黑心狐狸〉에
이은 그의 또 하나의 역작!